ラルーナ文庫

転生したら
ブルーアルファの許嫁でした

安曇ひかる

三交社

CONTENTS

Illustration

亜樹良のりかず

転生したら
ブルーアルファの許嫁でした

本作品はフィクションです。
実際の人物・団体・事件などにはいっさい関係ありません。

講義終了のチャイムが鳴る。待っていましたとばかりに、周りの学生たちが教科書やノートを閉じ始める。教授が講義室を出ていくのを待って、怜《れい》は机の上のものをバッグにしまった。

二年生の授業が始まって間もなく二週間。新年度特有のざわざわした空気は幾分落ち着きつつあるが、金曜の最終講義ということもあり、室内の空気はいつもより心持ち軽い気がする。

講義室を出たところで「怜！」と呼ばれた。振り返ると同じクラスの諒太《りょうた》が駆け寄ってくるところだった。

「急なんだけどさ、今夜合コンに出てくんないかな」

「合コン……」

呼ばれた時からそんな気がしていた。諒太の合コン好きはクラスでも有名だ。

「優介《ゆうすけ》が急にバイトが入ったらしくて、来られなくなっちゃったんだ。怜、ピンチヒッター頼む、お願い」

諒太は額の前で手を合わせた。

「大丈夫。ノンアル系も充実してる店だから」

二浪している諒太は、すでに成人済みだ。

「ごめん、おれ――」

「怜が合コン苦手なのはわかってる。でも相手はS女子大なんだ。あの清楚《せいそ》系ぞろいの」

S女子大にも清楚系にも興味のない怜は、喉《のど》まで出かかった「知らんがな」をぐっと呑《の》み込む。

「半年粘ってようやくセッティングしたんだぜ。人数揃《そろ》わないとかさすがにカッコつかないんだよ。他のやつらにも悪いし。なあ頼む、この通り」

諒太の説得にだんだん泣きが入ってくる。数少ない友人の頼みだ。できることなら力になってやりたい気持ちはあるが、あいにく今日は夕方から予定が入っている。

「悪い。今日はどうしても無理なんだ。先週までバイトしてたカフェが急に閉店しちゃってさ。これから新しいところの面接」

自宅生の諒太と違い、怜の生活はアルバイトなしには成り立たない。バイト代が入らなくなった瞬間、生活全般が破綻《はたん》する。家賃が払えなくなったり食料品の調達が滞ったりするだけでなく、大学の学費も払えなくなるのだ。

そのあたりの事情を知っている諒太は、それ以上無理に誘ってはこなかった。

「バイトの面接じゃ仕方ないか。わかった。他のやつ当たってみるわ」

「ホント、ごめんな」

諒太は気分を害した様子もなく「次は頼むぜ」と笑顔で手を振り去っていった。

――面接、今日にしておいてよかった。

どの道誘いを断るにしても、友人にうそをつくのは心苦しい。怜は小さく嘆息しながらまだ賑《にぎ》わいの残る講義棟を後にした。

陽の傾きかかったキャンパスの小路を裏門に向かって歩く。繁華街や最寄り駅に向かうには正門を出る方が圧倒的に近いので、裏門を使用する学生はあまりいない。この時間も薄暗い小道を歩くのは、怜ひとりだけだった。

「合コンか……」

春とは名ばかりの風の冷たさに首を竦《すく》めながら、怜は小さく呟《つぶや》いた。初めましての女の子たちと酒を酌み交わし雑談をするそのイベントをこよなく愛している学生は、諒太だけではない。怜もしばしば誘われるのだが、断る理由を考えるのに毎度苦慮している。

透き通るような肌に艶《つや》のある栗色の髪。きれいなアーモンド形の瞳《ひとみ》は漆黒で、ぽってりした唇は春夏秋冬乾燥知らずのぷるんぷるんだ。決して女性っぽい顔立ちではないが、幼い頃から『男の子にしておくのはもったいない』と評されるくらい、怜の外見は人目を惹《ひ》くらしい。

諒太の熱意に負けて一度だけ合コンに参加したことがある。去年の夏のことだ。やたらとハイテンションな子、終始上目遣いの子、『未成年だから』と断ってもしつこく酒を勧めてくる子。いろいろなタイプの女の子に囲まれて心底疲れてしまった。

『怜って冷めてるよな』

高校生の時、クラスメイトにそんなことを言われた。確かに恋愛に対して冷めている自覚は早い時点からあった。中学生の頃から誰《だれ》がフッたとか誰がフラれたとかいう恋バナには、まったく興味がなかった。気心の知れた男友達と集まってバカ話をする方が、よほど気楽で楽しいと思ってしまう。

女の子との会話が苦手――というよりも「私の恋人として相応《ふさわ》しい相手なのか」と品定めされるような場面が苦痛なのかもしれない。

怜は高校卒業まで都内のとある児童養護施設で育った。推定二歳の頃、路上に遺棄されていたところを保護されたのだ。ふた親の顔は知らないし、遺棄されるまでの記憶もまったくない。何を尋ねても『わかんない』と泣くばかりだったという。

年端もいかない怜が辛うじて覚えていたのは『レイ』という名前だけだった。『怜』という漢字をあてがってくれたのは養護施設の施設長夫妻だ。

事実上の育ての親となってくれた夫妻は、どちらも穏やかで温かい人柄だった。世間的にはかなりシビアな出自を抱えた怜が、曲がりなりにもすくすくと素直に成長することができたのは、間違いなく夫妻のおかげだと思っている。

曲がりなりにも――。

そう、万事が順調だったわけではない。

中学二年生の時だった。怜は同じクラスの女子生徒から『付き合ってほしい』と告白をされた。晩生《おくて》だった怜は、異性と付き合うということの意味を具体的に想像できず、流されるように『別にいいけど』と答えた。翌日学校へ行くと、ふたりがカップルになったことをクラス全員が知っていた。

ところがその俄《にわ》かカップルは一週間足らずで終焉《しゅうえん》を迎えた。彼女の両親が怜との交際に猛反対をしたのだ。理由は怜が児童養護施設の子だから。ただそれだけだった。

『ごめんね』と彼女は謝ったが、怜の心は波ひとつ立たなかった。

あ、そういうことね。そんな感じ。

この世のすべての女子が彼女と同じではないことはわかっている。この世のすべての親が彼女の親と同じでないことも。けれど自分の特殊な出自が、こと恋愛といった場面において少なくともプラスに働くことはないのだという認識は、残念ながら年を追うごとに確実なものになっていった。

面倒くさい。それが今の怜が恋愛に対して抱いている率直でただひとつの感想だ。性的なことには元々淡泊だし、時給のいいアルバイト先と気のいい数名の友人がいれば、キャンパスライフはそこそこ楽しめる。

出自を知った途端に態度を変えたりする相手とは、こちらからさくっと縁を切る。ほっそりとした体軀《たいく》と愛らしい風貌《ふうぼう》からは想像できないほど、怜は強く逞《たくま》しい。

——ちょっと急いだ方がいいかな。

面接の時間までにはまだ余裕があるが、怜は足を速めた。電車が遅れることもある。誰かに道を訊《き》かれたりするかもしれない。些細《ささい》なアクシデントが原因で面接に落ちたりしないように、いつも少し早めに現地付近に到着するように心がけているのだ。

特に今度の面接先は賄いつきの洋食店だ。夕食代を浮かせるために、何がなんでも採用を勝ち取らなくてはならない。

ぐっと腹に力を入れた時だ。視界の隅で何か白いものがもそりと動いた。

——ん？　なんだ？

思わず足を止めた。小路の脇《わき》に植えられた低木の茂みの中で、白い何かががさごそと動いている。不審者かと一瞬身構えたが、大きさから判断するに人間ではなさそうだ。おそるおそる近づいてみると、茂みがガサッとひと際大きく動いた。

ぎょっと身を竦めた怜の目に飛び込んできたのは……。

「……猫？」

現れたのは丸々と太った白猫だった。不機嫌そうにじっとこちらを見上げる様は、お世辞にも可愛《かわい》いとは思えなかった。

一体どこから入ってきたのだろう。大学のキャンパスは都心部にほど近く、野良猫が生息するには少々厳しい環境だ。とするとどこかの家の飼い猫か……などと考えていると、白猫がふんっと顎《あご》を振った。と思ったら顎で指した方に向かってのっしのっしと歩き出した。もしかして『ついてこい』という意味だろうか。

「や、まさかね」

意思表示とかありえないでしょと苦笑していると、白猫が足を止めた。そしてもう一度、さっきより明確に顎を振った。まるで『ついてこいと言っているだろ』とでも言いたげに。

「えっ……と」

顎の先にはキャンパス内で一番古い講義棟がある。五階建てのそれは近々取り壊される予定らしく、昨年度の終わりから使用されていない。

巨漢の白猫はその古い講義棟に向かってのっしのっしと歩いていく。怜がついてきていないと気づくと、今度は大きな口を開けて「ぶなお〜ん」とひと声、可愛げの欠片《かけら》もない声で鳴いた。

——なんか、めっちゃ感じ悪いんだけど……。

怜は仕方なく白猫の後をついていくことにした。ペットの類《たぐい》を飼った経験のない怜に、初対面の猫の気持ちなどわかるはずもないのだが、不思議なことにひどく急《せ》かされていることだけはびんびんと伝わってくる。

——なんだろう、この感じ。

テレパシーなどというものがあるのだとしたら、こんな感覚になるのだろうか。白猫は講義棟の裏にある外階段を大儀そうに登っていく。怜はまるで誘われるように階段に足をかけた。

——見た目は猫だけど実は狸《たぬき》で、おれを化かそうとしているとか……？

屋上へ続く扉には、なんと鍵《かぎ》がかかっていなかった。安全上問題なんじゃないだろうかと眉《まゆ》をひそめた時だった。ひと足先に屋上へ到着していた猫の身体《からだ》が、突然ぼうっと淡い光を発した。

「……え」

見間違いかと何度も瞬《まばた》きをしたが、やはり光っている。青白い、美しい光だ。

一瞬、脳の一番深い場所にある記憶の引き出しが、カタッと小さな音を立てた。

——お前、一体……。

カタッ、カタッと次第に大きくなっていく引き出しの音に耳を傾けていると、突如猫がドドドッと屋上の縁に向かって駆け出した。

「お、おい、待てっ」

怜は慌てた。なぜなら屋上の縁には柵《さく》が設置されていないのだ。まさか隣の棟に飛び移るつもりなのだろうか。

「無理だって！」

叫びながら、怜は猫を追った。隣の棟まではゆうに十メートルはある。猫が稀《まれ》に見るデブでなくても飛び移ることなど不可能だ。

「おい、待てって！」

怜は無我夢中で手を伸ばし、ふさふさと左右に揺れる尻尾《しっぽ》を摑《つか》んだ。ところが猫は勢いを止めない。それどころか信じられないバカ力で怜の身体を引き摺《ず》りながら、ついに屋上の縁に辿《たど》り着いてしまった。

「おい、止まれ！　止まれって――」

ぶみゃっと叫びながら猫がジャンプする。縁に引っかかったシャツのボタンがひとつ弾《はじ》けて飛んだ。

「っ！」

次の瞬間、怜の身体は猫の尻尾を摑んだまま、地面に向かって恐ろしい勢いで落下を始めた。

――そうだ、あれは確か……。

五階程度の高さなのに、地面到達までの時間がやけに長い。死の瞬間、それまでの人生が走馬灯のように浮かぶという話は、どうやら都市伝説ではなかったらしい。

――小学校に上がったばかりの春だ。

満開の桜の木の下だった。

真っ白で、丸々と太っていて、可愛げの欠片もないふてぶてしい態度の。

——お前、あの時の……。

地面に叩《たた》きつけられる衝撃が訪れる前に、怜はふわりと意識を手放した。

『なぜ約束の時間に遅れたのか、理由を教えてください』

『はい。猫に……太った白い猫に「ついてこい」と言われまして』

『猫がしゃべったと？』

『いえ、しゃべったわけではなく、テレパシー……的な？』

『テレパシー……』

面接官が眉根を寄せた。

『本当なんです。その猫が五階建ての講義棟の屋上から落ちそうになりまして、それを助けようとして僕も一緒に落ちてしまったんです』

『五階建ての建物の屋上から落ちたんですか？』

『はい』

面接官の眉間《みけん》の皺《しわ》が深くなる。

『きみね、うそをつくならもう少しもっともらしいうそを考えたら――』

『うそじゃありません！』

怜は焦った。

『本当に落っこちたんです。猫の尻尾を、こう、摑んだまま』

ふさふさの毛の感触がまだ手のひらに残っている。しかし面接官は首を横に振った。

『残念ですが、今回はご縁がなかったということで』

『そんなっ』

『どうぞお引き取りください』

無表情で告げると、面接官はあろうことかお菓子の袋を取り出し、むしゃむしゃと音を立てて食べ始めた。

『ちょ、ちょっと待ってください。僕はうそなんか』

『次の方どーぞー』

『話を聞いてください！　バイトが決まらないと家賃も学費も払えないんです！』

『おい、誰かこいつを摘《つ》まみ出せ』

いつの間にか控えていた屈強そうな男に腕を摑まれ、部屋の外へと引き摺り出されてしまった。バタンと乾いた音を立てて閉まったドアに、怜は縋《すが》りつく。

『お願いします！　採用してくださいっ！　賄いつきで～～っ！』

叫びながら崩れ落ちたところで目が覚めた。

——夢だったのか。

しかしなぜかむしゃむしゃという咀嚼《そしゃく》音だけは続いている。怜はゆっくりと目を開いた。

大理石だろうか、ひんやりとした床が頰《ほお》に当たる。どうやらここはキャンパスの地面の上ではないらしい。

ぼんやりとした視界の隅で何か白いものがもぞもぞと動いている。猛烈なデジャヴに目を凝らすと、さっきの白猫が床に置かれた皿に顔を突っ込んで、むしゃむしゃと餌《えさ》を貪《むさぼ》っているのが見えた。青白い光は消えている。

手足は問題なく動く。怪我《けが》もしていない。とりあえず命が助かったとわかり安堵《あんど》したが、建物の屋上から真っ逆さまに落ちたというのに、かすり傷ひとつないなんてことがあるのだろうか。

怜はゆっくりと上半身を起こした。救急車で病院に運ばれたのかと思ったが、すぐにそうではないとわかった。視界に入ってくるすべてのものが、一般的な日本の病院のそれとはかけ離れていたからだ。

恐ろしく広い回廊のような空間だった。アーチ型を描く天井は呆気《あっけ》にとられるほど高く、回廊の片側には数えきれないほどの大きな鏡がはめ込まれている。反対側には多くの窓が並び、外部から光が差し込んでいた。

天井から垂れ下がったクリスタルのシャンデリア、回廊の左右に並ぶ巨大な燭台《しょくだい》。どれをとっても荘厳できらびやかで、まるで中世ヨーロッパの宮殿のような空間だ。

――一体ここは……。

まだ夢の中にいるのだろうか。それとも映画のセットか何かだろうか。

――いや、セットにしてはリアリティーがありすぎる。

漂う空気まで、さっきまでのいた大学キャンパスのそれとはまったく違っている。

キツネにつままれたような気分でいると、背後から突然声がした。

「目が覚めたようだな」

後ろを振り返った瞬間、怜は目を大きく見開いて固まった。

数メートル先にふたりの男が立っていた。金色の髪をした長身の青年と、中年の男性だ。

青年が醸し出す気品と美しさから察するに、かなり位の高い人物のようだ。脇に控えている中年男性は、おそらく彼の側近か何かだろう。赤い羽根のついたつばの広い帽子を被《かぶ》り、自身の背丈より長い槍《やり》を持っている。

青年の方は腰に剣を携えていた。たくさんの刺繍《ししゅう》が施された金色の上着の上に、濃紺のロングコートを羽織っている。正面部分は腰丈で背面がとても長い、あまり見たことのないデザインだ。かなりスリムな白いパンツに膝丈《ひざたけ》の黒いブーツを履いている。日本一有名な歌劇団の舞台衣装のような着衣が、モデルのように手足の長い彼のスタイルをこれでもかというほど引き立てていた。

しかしその特徴的かつ個性的なファッションや、怜悧《れいり》に整った顔立ちが霞《かす》むほど怜の目を惹いたのは、彼の瞳の色だった。サファイヤのように碧々《あおあお》とした瞳に引き込まれそうになり、怜は一瞬呼吸を忘れた。

——きれいだ……。

うっかり見惚《みと》れていると、青年がゆっくりと口を開いた。

「久しぶりだな、レイ」

感情のない、どこか威圧的な口調だった。

「どうしておれの名前を……」

言いかけて、ハッとした。

青年の言葉は日本語ではなかった。英語でもフランス語でもドイツ語でもない。まったく知らない言語だ。それなのに怜は彼の発した台詞《せりふ》を即座に理解することができた。それだけはない。怜自身の口から飛び出したのも、彼が発したのと同じ言語だったのだ。

「おれ、なんで、知らない、言葉が……」

脳内の思考は日本語なのに、まるで唇が翻訳でもしているかのように、自分の口からすらすらと未知の言語が飛び出してくる。怜は混乱した。

「サイヨウシテクダサイ、マカナイツキデ、とは何のことだ。呪文《じゅもん》の類か」

青年がまた口を開いた。どうやら夢から覚める直前にうわごとを言っていたらしい。

「あんた、誰なんだ」

怜はのそりと立ち上がると、目を眇《すが》めて青年を睨《にら》んだ。すると美しい碧眼《へきがん》が鈍い光を放った。

「次に私をあんたと呼んだら、命はないものと思え」

腹の底に響くような、低く不機嫌な声だった。

「こちらはユーリウス・フェザ・ヴェルナル・ハッサルホルト・ネイオール殿下にあらせられます。ここネイオール王国の第一王子、つまり皇太子殿下です。私は執事兼側近のウォルフェルドと申します。ウォルフとお呼びください」

側近らしき男性が言った。

「ユーリ……ネイオ……何だって？」

こんがらがった頭がさらにこんがらがってきた。ポカンと開いたまま口を閉じられなくなった怜に、ウォルフが問いかける。ユーリウスなんちゃら殿下と違って、彼の態度はいくらか好意的だ。

「レイ様は世界線という言葉をご存じですか？」

「世界線……パラレルワールド的なアレですか」

ウォルフが「はい」と頷《うなず》く。

「世界線というのは、そのひとつひとつが独立していて互いに干渉し合ったりすることはないと言われています。しかし実のところ世界線と世界線の間には、しばしば歪《ゆが》みが起こっているのです」

「歪み……？」

「ええ。小さな歪みは人々が気づかないだけで割合頻繁に発生しています。通常そういった歪みから別の世界線に移動してしまうことはないのですが、時として不規則、不定期に非常に大きな歪みが起きることがあります。大きな歪みはたまたま近くにいた人間を呑み込み、別の世界線へと移動させてしまう――。そういった現象を、我々の国ではスリップと呼んでいます」

「ちょっと待ってください。まさかおれがそのスリップによって、日本からこの世界に飛ばされてきたと？」

「おっしゃる通りです」

「そんなおとぎ話を信じろと？」

いい加減にしてくれと怒鳴りたくなるのをこらえていると、傍らの美丈夫がゆっくりと一歩前へ出た。憎らしいほど足が長い。

「信じる信じないの話ではない。唯一無二の真実なのだ。お前は十九年前、ここネイオール王国でホワイトオメガとして生を受けた。本来ならブルーアルファである私の番《つがい》になるはずだったのだが、二歳九か月の折、スリップによって突如別の世界線に飛んでしまった」

二十三年前、ネイオール王国の皇太子として生まれたユーリウスはブルーアルファだった。並外れた能力と恵まれたルックスを持つとされるブルーアルファだが、ひとつだけ不自由な点があった。ホワイトオメガと呼ばれる特殊なオメガとしか番になることができないのだ。ブルーアルファはホワイトオメガ以外との性交で子を成すことはできない。加えてホワイトオメガは数百年に一度しか生まれない希少種なのだという。

「しかし幸運なことに私が誕生した四年後、ネイオール王国内にホワイトオメガが生まれた。レイという名のそのホワイトオメガはただちに王家に引き取られ大切に育てられていたのだが、ある日忽然《こつぜん》と姿を消してしまった。不幸なスリップによって」

どこか遠い目をしてユーリウスが語った。

ブルーアルファにホワイトオメガ。聞いたこともない単語が次々と飛び出す。確かに怜の第二の性はオメガだが、ホワイトオメガなどという言葉は一度たりとも耳にしたことがない。

わけがわからない。何もかも理解不能だ。

「ホワイトオメガは普通のオメガよりもアルファを強く惹きつける。男女を問わず肌や髪に艶があり、年齢を重ねても美貌《びぼう》を保っている者が多いとされている。お前の風貌は、まさにホワイトオメガそのものだ」

ユーリウスは自信たっぷりにその口角を上げる。憎らしいほど不遜《ふそん》で不敵な笑みなのに、見る者をドキリとさせる色香があった。

「勝手に決めつけるな。ホワイトオメガなんて聞いたことがない」

ユーリウスを睨み上げながらしかし、怜の脳裏には中学生の頃の記憶が蘇《よみがえ》っていた。

『男子のくせにその肌の艶はずるい』と数人の女子に囲まれ、肌の手入れ方法を教えろと質問攻めにされたのだ。『特に何もしていない』と答えても誰も信じてくれなかった。

「お前が知っていようといまいと、それが真実なのだ。私は二年九ヶ月の間、お前と一緒に暮らしていた。だからお前の左の乳首の横に小さなほくろがあることも知っている」

「なっ……」

心臓がドクンと鳴った。怜の左の乳首のすぐ横には確かに小さなほくろがある。

「さっ、さっき見たんだろ。おれが床に転がって気を失っている間に」

「見ていない」

「うそつけ。じゃあどうしてほくろのことを知っているんだ」

「だからかつて一緒に暮らしていたからだと言っているだろう」

ユーリウスはお手上げだとばかりに肩を竦めた。

「だって、そんな話……」

信じられるわけがない。けれど自分をじっと見下ろす美しく碧い瞳を見ると、なぜか心の奥がじんじんと疼《うず》く。名前をつけることは難しいが、懐かしさにとてもよく似た感情が込み上げてくるのだ。

——まさか本当なのか……。

児童養護施設に引き取られる前の記憶は一切ない。ユーリウスの言っていることが本当だという証拠はないが、彼の主張を覆す決定的な証拠もまた存在しないのだ。今自分が置かれた状況を鑑《かんが》みるに、ユーリウスの話の方が数段筋が通っているように思える。

何よりユーリウスは最初から怜の名前を知っていた。『久しぶりだな』と言った。

そしてほくろの位置まで。

――いやいや、まさか。

怜はふるふると頭を振った。

「わかった。これは夢だ。おれは悪い夢を見ているんだ」

「だから夢などでは――」

「じゃあなんなんだよ！」

頭を抱えて叫んだ時、部屋の隅で餌を食べ続けていた白猫が突然顔を上げ、ふがあっと大きな欠伸《あくび》をした。さっきからずっと食べ続けていたことに驚いた。

「まさかあいつがおれを迎えに来たとか言うんじゃないだろうな」

「その通りだ。ヴァロは世界線の歪みを察知し、違う世界線を行き来する能力を持っている」

太った白猫の名前はヴァロというらしい。

パラレルワールドに特殊能力を持つ猫――。もはや荒唐無稽《こうとうむけい》の極致だ。

怜は脱力する。

「バカバカしい。やってられない。茶番は終わりにしておれを元の世界に戻せ」

「説明の限りは尽くしたつもりだ。これ以上どうしたら納得してもらえるのだ、レイ」

「気安くおれの名前を呼ぶな！」

心の中でプツンと何かが切れた。

「そっちにとっては真実なのかもしれないけど、おれにとっては茶番以外の何物でもないんだよ。おれはあんたと番になるつもりはない。おれの人生はおれが決める。さっさと日本に帰せ！」

怜の剣幕に、ウォルフが握っていた槍をわずかに傾けた。止めたのはユーリウスだった。

「あんたと呼んだら命はないと言ったはずだが……まあいい。今日のところはこれくらいにしておこう」

「明日までここにいるつもりはない。今日中に元の世界に帰せ」

頑として譲らない怜に、ユーリウスは深いため息をついた。

「納得できないのなら、力ずくで納得させるまでのことだ」

ユーリウスはウォルフに「連れていけ」と耳打ちをする。ウォルフが「かしこまりました」と答えるのが聞こえた。

「ひとつだけ忠告しておく。この国では私に逆らうことは死を意味する。覚えておけ」

それだけ言い残すと、ユーリウスは靴音を立てて去っていった。

何が『覚えておけ』だ。はらわたが煮えくり返りそうだった。

長い脚が奏でるコッコッという靴音を聞きながら、怜は呆然《ぼうぜん》とその場に立ち尽くす。

傍らではヴァロが、我関せずといった様子でむしゃむしゃと餌を食べ続けていた。


「……んっ」

窓から差し込む陽の光で目覚めた。天蓋《てんがい》つきのベッドに横たわっていることに気づき、ぎょっとして飛び起きた。

――そっか、ここは……。

昨日の記憶がつらつらと蘇る。ユーリウスの話を信じるとすれば、ネイオール王国とかいう国にある宮殿らしき場所だ。しかも時代は中世あたり。

てっきり牢獄《ろうごく》にでも放り込まれるのかと思ったが、怜に与えられたのは十畳ほどもあろうかというシンプルで小ぎれいな部屋だった。部屋の中央にあるテーブルには、昨夜《ゆうべ》の夕食が手つかずのまま置かれている。昨日の昼食以降何も口にしていないのだからかなり空腹のはずなのだが、食欲はまったくなかった。用意されていたまっさらなリネンの寝間着も袖を通す気になれず、シャツにジーンズ姿のままだ。

昨夜はベッドに横たわってからも、自分の身に起きたことを受け入れることができなかった。夜半までぐるぐると思考を巡らせていたのだが、どうやらいつしか眠りに落ちてしまったらしい。

怜はベッドを下りると、明るい窓辺へと歩いた。

まず目に入ったのは広大な庭園だった。美しく刈り揃えられた緑の庭は、ちょっとしたビルほどあろうかという頑丈そうな高い塀で囲まれている。塀を越えて宮殿の外へ逃げることはほぼ不可能に思われた。

怜の知る限り東京にこんな場所はない。おそらく日本のどこにも。

——本当におれは、この国で生まれたのか……。

考えれば考えるほど突飛な話だが、初めて聞く言語を理解でき、あまつさえすらすらと話している自分がいるのだから信じざるを得ないのかもしれない。

とはいえあんな横柄な男と番になるはまっぴらだ。一刻も早くあのデブ猫を探し出して、元の世界に戻らなくては。

——とにかくどんな手を使ってでもこの宮殿から抜け出さなくちゃ。

塀は高いがどこかにきっと出入り口があるはずだ。怜は部屋の扉をそっと開けたのだが。

「おはようございます、レイ様。よくお休みになられましたか」

使用人らしき男がにこにこと話しかけてきた。おそらくひと晩中そこに立って怜を監視していたのだろう。

「お、おはようございます」

「朝食をお運びしてもよろしいですか？」

「あ、いや……あまり食欲がなくて。昨夜も残してしまいました。すみません」

「そうですか。それは心配ですね。もし食べたいものがございましたら、遠慮なくなんなりとお申しつけください。ご用意させていただきます」

そう言って監視係の男は、手つかずで残された夕餉《ゆうげ》のトレーを手に廊下を去っていった。すわチャンスかと思いきや、すぐに交代の監視係がやってきて扉の横に立った。ドアから逃げるのは難しそうだ。

扉を閉めた怜は、すぐさまベッドに敷かれたシーツを引き剝《は》がした。そしてそれを縦に長く裂くと、端と端を固く結び合わせた。即席のロープで窓から脱出する算段だ。

幸い部屋は二階だ。地面までは目算で五、六メートルほどだろう。

——この高さならいける。

怜はロープを自分の腹に巻きつけると、もう一方の端をベランダの柵に括《くく》りつけた。柵を乗り越え、外壁を足の裏で蹴《け》りながら少しずつ少しずつ下りる。ところがあと少しで地面に着地というところで、突然真下近くの茂みがガサゴソと蠢《うごめ》くのが見えた。

「え、うそっ」

茂みから現れたのは、なんと数頭の大きな犬だった。猟犬のようなしなやかな身体つきと鋭い牙《きば》を持った彼らは、訓練されているのか吠《ほ》えることこそしないが、怜の真下で「ウー」と低い唸《うな》り声を上げている。間違いない、地面に足の裏をつけたが最後、一斉に飛びかかってくるだろう。怜は仕方なくロープを手繰り寄せ、二階のベランダに戻った。

「くっそぉ、まさか猟犬がいるとは」

聳《そび》えるような高い塀に獰猛《どうもう》な猟犬。刑務所を思わせる厳重な警備体制は、荘厳で趣深い宮殿の雰囲気にそぐわないように感じた。

肩で息をしながら次の手を考えていると、部屋の扉がほんの少しだけ開いた。ノックもせずに入ってきたのは、怜が待ちかねていた相手だった。

「ヴァロ、どこに行ってたんだよ」

駆け寄る怜を無視してベッドに伏せると、ヴァロは大きな欠伸をひとつして目を閉じてしまった。どうやら昼寝をしに来たらしい。

「なあヴァロ、おれを元の世界に戻してくれないか。お前、世界線の歪みを察知できるんだろ?」

ヴァロは答えない。猫なのだから当たり前なのだがここで諦《あきら》めるわけにはいかない。

「頼むよ、ヴァロ。お前だけが頼みの綱なんだ。もし元の世界に帰してくれたら、あっちで美味《うま》いもの腹いっぱい食わせてやるぞ?」

その台詞にヴァロがぴくりと反応した。眠そうな目をゆっくりと開けると、怜の顔をじっと見つめてきた。

「やっぱり。お前、おれの言葉がわかるんだな」

昨日講義棟の屋上へ誘われた時『ついてこい』と言われた気がした。はっきりとした言葉で伝わってくるわけではないが、ヴァロの考えていることが脳に直接訴えかけてくるような感じがするのだ。

美味いものを食わせてやると聞き、ヴァロは間違いなく〝期待〟を抱いた。つまりヴァロもまた怜の発する言葉を理解していることになる。

『ヴァロは世界線の歪みを察知し、違う世界線を行き来する能力を持っている』

ユーリウスはヴァロが人間の言葉を理解できるとは言わなかった。あえて触れなかったのかもしれないが、このテレパシーめいた交流は〝対怜〟限定である可能性もある。

「あっちの世界にはな、美味いものがたっくさ〜んあるぞ」

ヴァロが昨日食べていた餌は山盛りでそれなりに美味《おい》しそうではあったが、猫用の餌には見えなかった。おそらく人間の食事の残り物だ。

「お前、猫専用の餌を食ったことないだろ。あっちの世界は味の種類も豊富だし、カリカリのやつからしっとりしたやつまで選び放題だ」

ヴァロの耳がぴくぴくと動いている。大いに関心を示しているようだ。

「チュールっていうのがあってさ、それはもうめっちゃくちゃ美味いらしいんだ。もしおれを元の世界に帰してくれたら、山ほどチュールを食わせてやるんだけどなぁ」

ヴァロがのろりと立ち上がった。その目が『約束するか？』と訊いている。

「もちろんだ。約束する。だから今すぐおれを——」

「そこまでだ」

いきなり背後のドアが開いた。立っていたのは不遜な笑みを湛《たた》えたユーリウスだった。

「この国では収賄は重罪だ。たとえ相手が猫でもな」

——くそ、もうひと押しだったのに。

怜は唇を噛《か》む。ヴァロは大きな欠伸をしてベッドを下りると、開いたドアから廊下へ出ていってしまった。

「教えていなかったが、この宮殿の猟犬はどいつもこいつも気が荒い。血に飢えているんだ。先日も忍び込んだ夜盗が朝、無残な姿で見つかった」

ユーリウスはそう言って、傍らに落ちていた手製のロープを拾い上げた。猟犬の鋭い牙を思い出し、背中がぞくりとした。

「何か用か」

睨み上げると、ユーリウスは「用があるから来たのだ」と不遜さ倍増の笑みを浮かべた。

「ウォルフ」

ユーリウスの声が響くと同時にウォルフが現れた。廊下に控えていたらしい。彼が大事そうに抱えていたものに、怜は視線を奪われた。派手なピンク色をしたそれは、どこからどう見ても女性もののドレスだった。

「お前を私の妃として近々国民に紹介する。詳しい日取りは未定だが、ドレスのサイズ合わせをする必要がある。着替えろ」

有無を言わせぬ口調に、頭の中でプチっと音がした。

「おれは女じゃない」

「女でなくても妃には違いない。ネイオール王国の伝統に則《のっと》り正装をしてもらう」

「断る」

「お前にその権利はない」

ユーリウスがウォルフに「着替えさせろ」と命じた。「はっ」と頷きウォルフが近づいてくる。怜は従順な側近からドレスを強奪すると、思い切り床に叩きつけた。

「レイ様！　なんということを」

慌てふためくウォルフを無視し、怜はユーリウスを睨み上げた。

「おれはあんたと番になるつもりはないと言ったはずだ。こんなものを着る義務も義理もない」

「往生際が悪いな。それとも頭が悪いのか」

蔑《さげす》むように睥睨《へいげい》され、今度は頭の中でゴングが鳴った。

「あんた、いつもこんなやり方なのか」

「私の命令は絶対だ」

「教えてやるよ。あんたみたいなのを暴君っていうんだ。こんな横暴な皇太子じゃ、この国の未来は真っ暗だな」

「……なんだと」

美しい碧眼が仄暗《ほのぐら》い光を帯びる。昨日のやり取りから、それが怒りの色だということを怜は知っている。

「納得しないのなら力ずくで納得させると言ったのを、忘れてはいまいな」

「死んでも納得しないと言ったら？」

それには答えず、ユーリウスはウォルフの方に向き直った。

「レイを寝室に連れていけ」

そう言い残すと、ユーリウスは踵《きびす》を返し部屋を出ていってしまった。

「ちょ、ちょっと待っ——何すんだ、おい、放せ」

「レイ様、暴れないでください」

見た目は紳士だし口調は丁寧だが、ウォルフはなかなかの剛力だった。

——そりゃそうだよな、一国の皇太子の側近なんだから。

などと場違いな感想を抱いているうちに、あっという間に後ろ手に縛られ、ユーリウスの寝室へと連行されてしまった。

怜に与えられた部屋もひとりで過ごすには十分すぎる広さだったが、ユーリウスの寝室はその五倍以上はあろうかという豪奢《ごうしゃ》な部屋だった。壁に掲げられた趣のある壁画や部屋のあちこちに点在するオブジェ、すべてが呆《あき》れるほど荘厳だったが、怜の目を釘《くぎ》づけにしたのは部屋の中央に鎮座する巨大なベッドだった。

キングサイズよりさらにひと回り大きいそれは、天蓋つきなのはもちろんのこと、数々の装飾が施され、まるで美術品のようだった。

――一体何人で寝るつもりなんだ。

呆気にとられていると、ドアが閉まる音がした。ウォルフの姿は消え、部屋に残されたのはユーリウスと怜、ふたりきりだった。

『納得しないのなら力ずくで納得させると言ったのを、忘れてはいまいな』

不意にさっきの台詞が脳裏を過《よぎ》る。嫌な予感がした。

「おい、あんたまさか――」

「あんたと呼ぶなと言ったはずだ。やはりお前は少々頭が悪いようだな」

ユーリウスはそう言うなり怜の腕を引き、ベッドの上に押し倒した。どうやら予感が当たってしまったらしい。

「おい、仮にもあんた、この国の皇太子だろう」

「だからなんだというのだ」

「こっ、皇太子が強姦《ごうかん》とか洒落《しゃれ》にならないだろ」

「強姦？　私がそんな野蛮なことをすると？」

ユーリウスは憎らしいほどの余裕で「心外だな」と呟くと、傍らのチェストに手を伸ばし小さな瓶を手に取った。琥珀色《こはくいろ》の液体が入ったそれを、ユーリウスは意味ありげに眼前に翳《かざ》す。

「な、なんだよ、それ」

「お前が知る必要はない。知ったところで結果が変わるわけではない」

抑揚のない声でそう言うと、ユーリウスは瓶の蓋《ふた》を開けた。

「おい、何をするつもりだ」

「わからないのか？　状況把握力が皆無だな」

両手を後ろ手に縛られたまま、怜は広いベッドの上を尻《しり》でじりじり後ずさる。ベッドを下りようとユーリウスに背を向けた途端、背後から伸びてきた長い腕が首に巻きついた。

「うっ……」

一瞬、息が止まる。逃げ出そうともがいても、体軀で完全に勝るユーリウスに背中からホールドされて身動きが取れない。

「は、なせっ……」

と、次の瞬間、ユーリウスが突然腕の力を緩めた。数秒間の窒息状態から解放された怜は、助かったとばかりに呼吸を再開したのだが。

「……っ」

いつの間にか鼻先に小瓶が突きつけられていた。開けられた口から立ち昇っていた花のような匂《にお》いを、怜は肺の奥まで吸い込んでしまった。

「あっ……」

くらりと視界が揺れ、思わずユーリウスに背中を預けてしまう。

「ちゃんと吸い込んだようだな」

頭上でユーリウスの満足げな声がした。

「な、にを……した」

「心配はいらない。ただのヒート誘発剤だ」

「なっ……」

怜は極限まで目を見開き固まった。

「未来の妃に手荒な真似《まね》はしたくないからな。お前の方から私を求めるように仕向けたまでだ」

十分手荒だろと怒鳴る前に、ユーリウスの大きな手のひらに顎を摑まれた。

「ヒートに陥ったホワイトオメガは、ブルーアルファの求めを拒むことはできない。その真実を今から身をもって教えてやる」

「そんな戯言《たわごと》、誰が信じるっていうんだ」

「お前が認めようと認めまいと、それが私たちの運命なのだ」

何が運命だ。激しい怒りが込み上げてくる。

「我がネイオール王国の技術の粋を結集して開発・製造され自慢の薬だ。安全で強力、そして即効性がある——そろそろ効き目が表れる頃だが」

ユーリウスの台詞が終わる前に、怜の身体に異変が生じた。

「あ……っ……」

身体の芯《しん》が痺《しび》れるように熱い。

覚えのある感覚だが、いつものそれとは比べものにならないほど急速で強烈だった。

「はっ……あぁ……」

意図せず呼吸が荒くなる。

——これが、ヒート……。

怜に初めてのヒートが訪れたのは中学三年生の時だった。ある日突然風邪《かぜ》のようなダルさに襲われ学校を早退した。部屋でぐったりしていると、次第に下半身がじくじくと疼き出した。

自分がオメガであることや、思春期以降数ヶ月に一度ヒートと呼ばれる発情期が訪れることなど、十五歳の怜はすでに第二の性についての知識を持ち合わせていた。あらかじめ医師から処方されていたオメガ用抑制剤を飲むと、症状は徐々に収まっていった。

それからというもの、怜はヒートの兆候が表れる前に先んじて抑制剤を服用することにしている。抑制剤なしでヒートに襲われるのは、これが初めてのことだった。

「ああ……っ……くっ……」

腰の奥で生まれたマグマのような熱が、鼓動に合わせるようにずくん、ずくんと強さを増してくる。まるで後孔を突かれるような感覚に、怜は身体を震わせた。

「効いてきたようだな」

殴ってやりたいと思うのに身体が言うことをきかない。それどころかユーリウスと接している皮膚がじんじんと熱くなってくる。服の生地を通してイケナイ何かが皮膚に沁《し》み込んでくるようだった。

「やっ……あぁ……」

「なんていい匂いなんだ」

ユーリウスは怜の頸筋《くびすじ》に鼻先を擦《こす》りつけた。オメガの頸筋にはフェロモンを放つ分泌腺《ぶんぴっせん》があるのだ。ひどく動物的な仕草なのに、なぜか不快感はなかった。それどころか匂いを嗅《か》がれていると気づいた途端、身体の芯がどろりと溶け出すような気がした。

——溶かされたい。今すぐに。どろどろにして……。

理不尽な仕打ちへの怒りは、ヒートのもたらす灼熱《しゃくねつ》のような欲望に諾々と呑み込まれていく。

「あぁ……早、くっ……」

自分が発したとは信じられない、甘ったるい声だった。思わず口を突いた台詞にユーリウスの喉がゴクリと音を立てた。

「望むところだ」

ユーリウスは低く囁《ささや》くと、怜の拘束を解いた。

逃げ出そうなどという考えはとうに消えている。やや乱暴な手つきで服を剥ぎ取られ、生まれたままの姿にされた。すっかり形を成した中心の先端から卑猥《ひわい》な蜜《みつ》が溢《あふ》れていることには気づいていたが、怜の中にはすでに羞恥《しゅうち》も理性も残っていなかった。

——したい。早くしたい。欲しい。一番奥に……。

「……早く」

濡《ぬ》れた瞳で見上げた。うわごとのような囁きに、ユーリウスは苦しそうな表情で小さくひとつ舌打ちをする。そして身に纏《まと》っていたものを脱ぎ捨てた。

現れた肉体はため息が出るほど美しかった。胸板の厚さ、引き締まった腰、しっとりとした筋肉に覆われた長い手足——そのすべてが怜の欲望を刺激した。

天を衝《つ》くほどに猛々《たけだけ》しく勃《た》ち上がった中心は、同じ男なのに怜のものとは形も大きさもまるで違う。

——これで、掻《か》き回されたら……。

想像しただけで、後孔がどろりと濡れた。

「早く挿《い》れて……」

思考は断片的になり、やがて何も考えられなくなった。

この人と繋《つな》がりたい。その欲望以外には。

「レイ……」

ユーリウスの身体が覆いかぶさってくる。形のよい唇が、怜の唇を塞《ふさ》いだ。

「……んっ……」

分厚い舌が、歯列を割って侵入してくる。互いの舌を貪るように吸い、絡ませた。

「ん……ふっ……ん」

ユーリウスは怜の両脚の間に身体を割り入れる。そして怜のほっそりとした首筋、浮き出た鎖骨、白く薄い胸板へと唇を這《は》わせた。

「やはりここにほくろがある」

ユーリウスはちょっと嬉《うれ》しそうに呟くと、ほくろの脇でぷっつりと勃ち上がった粒をちゅっと音を立てて吸った。

「ああ……やぁ……ん」

下腹の奥がきゅうっと強く疼いた。左の粒を舌で転がされ、右の粒を指で摘まれ、怜は腰がわなわなと揺れる。

「や……だ、そこっ……ああ……」

「ここは嫌ではなさそうだぞ」

ユーリウスがからかうように、怜の中心を握り込んだ。

その瞬間。

「あ、やっ……ああっ！」

あろうことか、怜はユーリウスの手の中に白濁をぶちまけてしまった。

自分の身体に起こったことが信じられず、怜は呆然とする。

「……っ……」

「敏感なんだな」

「違っ、んっ……」

真っ赤になって首を振る怜の唇を、ユーリウスはキスで塞いだ。

――敏感？　おれが？

他の誰かと比較したことはないが、少なくとも普段の怜は性欲の強い方ではない。恋愛に興味がないのと同じくらい、性的なことに対しても淡泊な自覚はあった。性体験がないのはもちろんのこと、自慰行為もほんの時々、仕方なくする程度だ。

それなのにどうしたことか、達したばかりの中心はまるで萎《な》える様子がない。それどころか後孔の疼きはますます強さを増している。

「あまり余裕がない」

「……え」

「お前の反応が、少々予想外だったのでな」

そう言ってユーリウスは、怜の両脚を持ち上げ左右に開いた。卑猥に濡れた後孔が、美しいふたつの碧眼の前に晒《さら》される。

「入るぞ」

その声には、確かにどこか切羽詰まったものがあった。ユーリウスは自分の先端を怜のそこに押しつけると、ぐっと強く腰を動かした。

「あぁぁ……っ」

長く太い熱が侵入してくる。

大きく張り出した先端部分を受け入れるのは苦しかったが、痛みを覚えることはなかった。入念に馴《な》らさなくてもその狭い器官に雄を受け入れることができるのは、怜がオメガだからに他ならない。

ユーリウスがゆっくりと腰を動かす。ひと突きされるごとに頭の奥で火花が散った。

「あ……んっ……」

「気持ちいいか？」

「……いい……すご、く……」

「なんという身体だ……奥へ吸い込まれていくようだ」

ユーリウスの声が濡れている。鼓膜まで犯されているような気分だった。

「あ……あぁ……」

「レイ……」

ユーリウスの先端が、怜の粘膜をぬるぬると擦りたてる。

「あっ、やっ、ダ、メッ――ひ、あっ！」

それ以上されたらまた――。

言葉にする前にずんっとひと際強く突かれ、怜は先端から二度目の白濁を吐き出した。

「……っ……んっ」

「奥に届いた途端に達してしまったのか」

碧眼に浮かぶのは驚きの色ばかりではなかった。頬に小さくキスが落とされる瞬間「なんと愛らしい」と聞こえたのは気のせいだろうか。

吐精の余韻に浸る間もなく、ユーリウスが抽挿を再開する。

徐々に強く速くなる動きに、怜の身体は性懲りもなくまた高まっていく。

「あ……すごっ、い……、ああっ、あっ」

「レイ……」

「ああ……あ、あっ……」

恐ろしい勢いで射精感が高まっていく。

「あっ、あっ、もう……」

イク。

告げる前に、三度目の頂《いただき》に達した。

「……っ……」

全身を硬直させ、シーツを握りしめ、怜はドクドクと激しく白濁を吐き出す。

ほどなくユーリウスが低く唸り、動きを止めた。

最奥に熱い欲望が叩きつけられるのがわかった。

——ユーリウスもイッたんだ……。

不思議な満足感に包まれ、怜はひと時意識を手放した。

どれくらいそうしていただろう、微《かす》かな衣擦《きぬず》れの音で目が覚めた。ゆっくりと目を開くと、窓辺に立つ長身の後ろ姿が目に入った。それがユーリウスで、ここが日本ではなくネイオール王国なのだと思い出すのに数秒を要した。

「……っ」

灼熱のようなヒートはすっかり収まっていたが、身体の奥には明らかな違和感が残っている。先刻までの痴態が夢などではなかったことに、怜は絶望した。

仮にも一国の皇太子ともあろう男が、妖《あや》しげな薬を使って行為を強要するとは。すぐさまベッドから飛び降りてその横っ面をひっぱたいてやろうと思うのに、鉛のように身体が重く身動きが取れない。

「目が覚めたか」

ユーリウスが振り返る。せめてあらん限りの罵詈雑言《ばりぞうごん》を浴びせてやろうと睨みつけてはみたものの、碧く光る双眸《そうぼう》のあまりの美しさと気高さに一瞬で毒気を抜かれてしまった。

「身体は大丈夫か。無体なことはしていないはずだが」

薬を使うことが無体でなくて何が無体なのだ。脳裏に浮かんだ嫌味の台詞はしかし、怜の口を突くことはなかった。

自分でも驚くほど怒りが湧《わ》いてこない。ユーリウスのしたことを許したわけではないが、昨日からの一連の出来事に思考が追いついていかないのだ。

「……なんで頸《くび》を噛まなかったんだ」

アルファとオメガが正式な番になるためには『番の儀式』を行わなければならない。オメガの頸筋にあるフェロモン分泌腺を、行為中にアルファが噛むのだ。

儀式を行ったアルファは他のオメガのフェロモンに一切反応しなくなる。またオメガはその後ヒートに苛《さいな》まれることはなくなり、番になったアルファに対してだけフェロモンを発するようになる。

ユーリウスがしてくれたのか、それとも側近にさせたのか、淫《みだ》らに濡れた身体はきれいに清拭《せいしき》されている。しかし怜の頸筋にそれらしき噛み跡はなかった。

「噛む前に、お前が気をやってしまったからだ」

「うそだ」

薬によってもたらされた偽のヒートだったとはいえ、怜は嵐《あらし》のような欲望に翻弄《ほんろう》され完全に自制心を失っていた。ユーリウスが『番の儀式』に及ぼうとすれば、抵抗などできようはずもなかった。ユーリウスとてそれはよくわかっていたはずなのに。

「なぜ私がお前にうそをつかねばならない」

平静を装うユーリウスだが、その碧い瞳は頼りなげに揺れていた。

「最後の最後で弱気になったのか？」

「私が弱気に？　はっ、バカなことを」

「それともおれとのセックスはよくなかった？」

わざと挑発的な台詞をぶつけたのは、彼の本心が知りたかったからだ。

ユーリウスは一瞬棘《とげ》のある表情を見せたが、やがてため息をひとつつき、碧い双眸を窓の外へと向けた。

「愛のない交わりによって生まれた赤ん坊は可哀《かわい》そうだからな」

ひとり言のようにユーリウスが呟く。どういう意味だと尋ねたかったが、やめた。その背中に、言い知れぬ孤独と悲哀が漂っていたからだ。

――そりゃいろいろあるだろうな。皇太子だもん。

ユーリウスは二十三歳だ。日本の社会に当てはめれば、大学を卒業してようやく社会人として働き始める年齢だ。次期国王という立場がどれほどの重責なのか、怜には想像もできないが、仮に自分が四年後に国を背負って立てと言われたら、間違いなく「冗談じゃない」と逃げ出すだろう。

――友達とか、いるのかな。

見知らぬ国の見知らぬ皇太子のことなど知ったことかと思うのに、なぜだろうユーリウスの背中から目が離せない。卑劣なやり方で後ろの貞操を奪われたというのに、身体の奥に残る疼きは信じられないほど甘ったるい。

高校二年生の時、怜は通りすがりのアルファに襲われかけたことがあった。体調が悪かったせいか予定より早くヒートが来てしまったのだ。まずいと思い慌てて抑制剤を服用したのは繁華街の裏路地だった。運の悪いことに、そこでアルファの男と遭遇してしまった。

男は怜の身体をコンクリートの壁に押さえつけ、シャツを脱がしにかかった。怜は恐怖のあまり悲鳴を上げることもできなかったが、幸いにも事態に気づいた数名の通行人に助けられ、最悪の事態を免れることができた。

あの時の男の生臭い吐息を思い出すと今でも吐き気がする。しかしユーリウスに対しては不思議なほど嫌悪感を覚えない。彼のしたことは強引で理不尽で許されざるものだと、頭ではわかっているのに。

『それが私たちの運命なのだ』

ユーリウスの言葉は真実なのだろうか。認めるしかないのだろうか。

怜はひっそりと困惑する。

「もしもあんたの望み通り世継ぎを産んだら、おれを日本に帰してくれるのか？」

問いかけに、ユーリウスは肩越しにゆっくりと振り向く。

「そんなに帰りたいのか」

「当たり前だ。おれは絶対に諦めないからな」

ユーリウスはその横顔にふっと寂しげな笑みを浮かべ、抑揚のない声で「考えておこう」と答えた。

「私は公務がある。お前はしばらくここにいればいい。腹が減ったらウォルフに食事を運ばせろ」

そう言い残し、ユーリウスは寝室のドアに手をかけた。

「どうやらニッポンとやらに『可愛げ』を置いてきてしまったようだな、レイ」

廊下に踏み出したユーリウスの呟きが、怜の耳に届くことはなかった。


部屋のドアがノックされた。「はい」と答えると若い使用人が顔を覗《のぞ》かせた。

「レイ様、新しい水差しとお着替えをお持ちしました」

「ありがとう、そこに置いておいてください」

小柄な彼は「かしこまりました」と恭しく一礼し、ベッドサイドのテーブルに水差しとグラスを置いた。昨日から怜の部屋の掃除係になった彼は新人らしく、仕草がまだ物慣れない。緊張を隠せない彼に、怜は初めてのアルバイト先で失敗を繰り返した自分を重ね、微かなシンパシーを覚えるのだった。

「失礼いたしました」

「ありがとう」

笑顔で彼を送り出すと、怜はベッドサイドに置かれた着替えに手を伸ばした。用意されていたのは白いブラウスと黒い細身のパンツ、そして丈の長いベストのようなものだった。ベストの色は茶系で、ユーリウスの着ていたものほど派手ではないがやはり多くの刺繍が施されている。

「……ていうかさ」

手にしたブラウスの襟と袖でひらひらと揺れるフリルに、怜は大きなため息をついた。

「おれは女子じゃないっつーの」

この世界に飛ばされてきて今日で一週間。断固として着用を拒否していた衣装に仕方なく着替えることにしたのは、意地になって身に着け続けてきたシャツとジーンズが、汗と脂の混じったなんともいえない異臭を放つようになってしまったからだ。

郷に入っては郷に従え。己に言い聞かせながらまっさらなブラウスに袖を通すと、新しいコットンの匂いが鼻腔《びこう》を擽《くすぐ》った。パンツ、ベストと順に身に着け、設《しつら》えられた鏡に己の姿を映してみるが、似合っているのかいないのかを判断することは難しかった。

「さてと。今日は何して過ごそうかな」

皇太子の仕事というのは想像の何倍も激務らしく、あの夜以来怜はほとんどユーリウスと顔を合わせることがなかった。夜遅くに帰宅した彼が怜の部屋をノックし、ひと言ふた言、短い会話を交わすだけ。そんな日が続いている。

『実は国王陛下は半年ほど前からご体調がすぐれず、現在国務は事実上ユーリウス殿下がほぼひとりで担っていらっしゃるのです』

三日前、ウォルフからそう聞かされた時、怜は「さもありなん」と思った。

ユーリウスが忙しければ忙しいほど、怜は時間を持て余す。薬を嗅がされて襲われるのは二度とごめんだが、話し相手が食べることにしか興味のないデブ猫一匹という状況はさすがに辛《つら》いものがある。

何をするわけでもなく淡々と過ぎる日々の中、変わったことがひとつあった。宮殿内を自由に行動することを許されたのだ。「諦めない」という台詞とは裏腹に、怜が凶暴な猟犬に命を奪われる覚悟で脱出を試みるほど愚かでないことがわかったからだろう。そもそも脱走したところでヴァロの力を借りなければ、元の世界に戻ることはできないのだ。

幸いにも猟犬たちは一部の部屋の窓の下に防犯用として施された柵から外に出ることはなく、宮殿内の庭のほとんどは安全に歩くことができた。

宮殿は怜の想像の何百倍も広かった。正確な部屋数はユーリウス自身も知らないというのだから呆れてしまう。

建物を囲む庭園もまた広大だ。正門から宮殿の正面玄関に向かう馬車道の両側はシンメトリックなデザインになっていて、幾何学模様に剪定《せんてい》された緑は息を呑むほどに美しい。宮殿の東には壮麗な噴水とたくさんの池がある水のテラスが、西側には色とりどりの花々が植えられた花壇や彫刻がそこここに点在していて、一体何日かかったら庭の全貌《ぜんぼう》を知ることができるのかわからないほどだった。

その日、怜は宮殿東側の池のほとりを散策していた。一日中することがないというのがこれほど苦痛だとは思わなかった。勉強とアルバイトのかけ持ちで毎日目が回るほど忙しかった時には、たまの休日が待ち遠しくてたまらなかった。退屈するほど休んでみたいといつも思っていたのだが、実際にこうして定年後のサラリーマンのような生活が続くと、売るほどある自由な時間が憎らしくさえ感じるのだった。

心身の健康を保持するために仕方なく始めた庭園散策だったが、三日もしないうちにこの世界での唯一の楽しみになっていた。眩《まばゆ》い日の光と木々の緑、頬を撫《な》でる風、鳥の鳴き声。そのすべてがわけのわからない世界に突然放り込まれた怜の混乱を、優しく癒《いや》してくれる。ネイオール王国にも四季があるらしく、今は日本と同じ春に当たる季節らしい。

うららかな日差しを浴びながら水辺を歩いていると、どこからか人の声が聞こえてきて、怜は足を止めた。背丈ほどの庭木の向こうに見覚えのある濃紺のコートが見えた。

「相変わらず忙しそうじゃないか、ユーリウス」

「そっちも人のことを言えないだろう。ずいぶんと久しぶりじゃないか」

「少々留守にしていた」

「遠方へ遊説に出向いていると聞いたが」

やはりコートの主はユーリウスだった。相手の声に聞き覚えはなかったが、おそらく若い男だろう。フランクな口調から察するに、ふたりはずいぶんと親しいようだ。

「父上のお伴でね。ようやく昨日ネイオランドに戻ってきたところだ」

宮殿のあるこの町の名はネイオランドといい、ネイオール王国の首都なのだと教えてくれたのはウォルフだった。

「今日はなんの用だ」

「用がなければ来るなって？」

「茶化すな、オルト。見ての通り忙しい身なんだ」

「冗談だよ。ちょっと噂《うわさ》を耳にしてね」

オルトと呼ばれた男は、ほんの少し声を潜めて言った。

「レイが戻ってきたと聞いたが本当なのか」

突然飛び出した自分の名に、心臓がドクンと鳴った。怜は庭木の裏に身を潜めるように屈《かが》み込んだ。

「相変わらずの地獄耳だな」

「やっぱり本当だったんだ」

「一体どこから聞きつけたんだ。まだ陛下にも報告していないというのに」

「蛇の道は蛇っていうでしょ」

オルトがクスクス笑うがユーリウスは返事をしない。苦虫を嚙みつぶしたようなユーリウスの表情が見えるようだった。

「番の儀式はもう済ませたのかい？」

いきなりの突っ込んだ問いに、怜の心臓はさっきより大きく鳴った。ユーリウスは一瞬の沈黙の後「答えるつもりはない」と低い声で答えた。

「なるほど、まだなんだね」

「答えるつもりはないと言ったのが聞こえなかったのか」

終始楽しげなオルトに対し、ユーリウスの声はひどく不機嫌そうだ。

「そう怖い顔しなさんな。そんなだから若い女性たちに『ユーリウス殿下はとても美男子でいらっしゃるのに、少しばかりお冷たいところが残念』と噂されるんだ」

「オルト、私は忙しい。これで失敬する」

「ああ、待てよユーリウス。悪かったよ」

「昔から何かと人をからかうのは、お前の悪い癖だ」

「だから悪かったって。謝るからぜひ会わせてくれないか、きみの番——未来の妃に」

心臓が一層激しく跳ねた時だ。どこからともなく「なおぉ〜ん」と猫の鳴き声がした。

——ヴァロ？

一体どこから現れたのか、主《あるじ》のユーリウスよりもさらに不機嫌そうなその鳴き声に、オルトは「うわっ」と驚いた声を上げた。

「驚かさないでくれよ、ヴァロ。きみはいつも突然現れるな」

「ぶみゃ〜ぉ〜ん」

その低い鳴き声が、怜には『さっさと立ち去れ』と聞こえた。

——ヴァロはオルトって人が苦手なのかな……。

「ヴァロはよほど僕のことが嫌いらしい」

「いつまでこんなところで油を売っているつもりだ、と言っているんだろう」

「わかった、わかった。ヴァロに言われなくてもそろそろ暇《いとま》するよ。磨いたばかりブーツに引っ掻き傷なんかつけられてはたまらないからね」

「それが賢明だ。サインドルス殿下によろしく」

「ああ、伝えておくよ」

じゃあ、と声がして靴音が遠ざかっていく。宮殿正面に続く小道に向かったところをみると、玄関に馬車を待たせてあるのだろう。

不自然な屈み方をしているせいで腰が痛くなってきた。早く背筋を伸ばしたいのだが、濃紺のコートが動き出す気配はない。

——早く仕事に戻れよ。忙しいんじゃなかったのか。

心の中で悪態をついていると、コートがふわりと翻った。ホッとした次の瞬間。

「いつまでそうしているつもりだ」

「なっ——うわっ」

突然頭上から降ってきた声に、怜は思わずよろけて地面に尻餅《しりもち》をついてしまった。

「き、気づいてたの」

「オルトは気づいていなかったようだがな」

そう言ってユーリウスは怜の眼前に右手を差し出した。左の腕にはいつの間にかヴァロを抱いている。怜は素直にその手を取ろうとしたのだが。

「気づかれたくないのならもっと慎重に隠れるんだな」

無表情で不遜な台詞を吐かれ、怜は出した手を引っ込めた。

「そういえば昔から、かくれんぼの才能は皆無だった。私が『もういいかい』と訊くが早いか、お前は物陰から顔を出して、世にも嬉しそうに『もういいよ』と答えるものだから、かくれんぼはいつも一瞬で終了してしまった」

あんたは厭味《いやみ》の天才かっ！　と心の中で突っ込みながら自力で立ち上がると、ユーリウスは一瞬その目を眇め、くるりと踵を返してすたすたと歩き出してしまった。

怜は尻についた砂を払いながら慌てて後を追うが、いかんせん脚の長さが違いすぎて、小走りしないと同じペースで進めない。

「オルトナークス。通称オルト。国王である私の父の弟・サインドルス殿下の長男だ」

歩きながらユーリウスが口を開いた。視線は正面を見据えているが、近くには怜以外の人影はない。

「ってことは、あんたの従兄弟《いとこ》ってこと？」

「そういうことになる」

差し出した手を取らなかったことでへそを曲げたのかと思ったが、その声色はいつも通り淡々としていた。

「オルトって人におれのことを話したの、あんたじゃないの？」

「私ではない。彼に会うのはひと月ぶりだ」

「じゃあ一体誰が……」

「どこからか聞きつけたんだろう。そういう男なのだ」

地獄耳。蛇の道は蛇。さっきのふたりの会話を思い出した。

――ユーリウスが話したんじゃないとすると……。

オルトは『レイが戻ってきたと聞いたが本当なのか』と尋ねた。『戻ってきた』と。つまりそれはオルトもまた、怜の存在を知っていたということになる。怜がこの世界で生まれ、スリップとやらによって別の世界線へ移動してしまったのだという話が、より一層信《しん》憑性《ぴょうせい》を帯びることになった。

思わぬ第三者の登場によって、怜が内心頼みの綱にしていた〝実は全部ユーリウスとウォルフの作り話＆お芝居説〟は脆《もろ》くも崩れ去ってしまった。

怜はユーリウスについて彼の私室に入った。ヴァロは腹が減っていたらしく、ドアが開くなり部屋の片隅に用意されていた餌に向かって突進していった。大分見慣れたとはいえ、呆れるほど旺盛《おうせい》な食欲だ。

「忙しいんじゃなかったのか」

ひと月ぶりに訪ねてきた従兄弟を「忙しいから」と追い返したくせに、ユーリウスは執務室ではなく私室で飼い猫の食事を眺めている。

「忙しいからこそ寸暇を惜しんで休息を取るのだ。出立予定の時刻までまだ七分ある」

寸暇を惜しんでいる時点で休息ではないような気もするのだが、ユーリウスの言いたいことはなんとなく伝わった。いつの時代も有能な人間は時間の使い方が上手いと、心理学の教授が言っていた。世界線が違ってもその真理は変わらないようだ。

「それにヴァロの世話は公務の一環だ。この国の未来を担う猫なのだから」

「さすがにそれはちょっと強引なんじゃない？」

飼い猫が可愛いのはわかるけどさあと、怜は鼻白む。

「事実を言っているだけだ。第一ヴァロがいなかったらお前を連れ戻すことはできなかった」

「まあ、それはそうだけど」

ユーリウスが若干ムキになっているように感じるのは気のせいだろうか。

「ヴァロは国の宝なのだ」

「……よく食う宝だね」

怜が笑うと、ユーリウスは痛いところを突かれたように眉根を寄せ、傍らのヴァロに話しかけた。

「ヴァロ、それくらいにしておけ。食べすぎだ」

ヴァロは飼い主の言葉など聞こえないように、むしゃむしゃと餌を食べ続けている。

「まったくお前というやつは……」

ユーリウスは嘆息しながら、まだ半分餌の残っている皿を廊下に出してしまった。ヴァロは『何をするんだ』とばかりにシャーッと逆毛を立てて怒りを露《あら》わにする。食事の邪魔をするやつは国王だろうが皇太子だろうが許さない。そんなふてぶてしい態度だった。

「仔猫《こねこ》の頃は、これほどまでにデ……貫禄《かんろく》たっぷりではなかったのだが。少々食い意地が張りすぎているせいで、いつの間にかこんな体型になってしまった。嘆かわしいことだ」

少々じゃないだろうと思ったが、愛猫にはどこまでも甘いユーリウスが可笑《おか》しくて、怜は必死に笑いを噛み殺す。逆毛を立てられようが引っ掻かれようが、ヴァロが可愛くてたまらないのだろう。

傍らのソファーを陣取って不貞寝を始めたヴァロを見つめるユーリウスの瞳は、いつになく穏やかで温かい。沈着冷静、傲岸《ごうがん》不遜なユーリウスも、このデブ猫にだけは心を許しているようだ。

事実上の国王として二十四時間気の抜けない生活の中で、ヴァロと過ごす時間だけが彼の癒しなのかもしれない。そう思ったらちょっぴり切ない気分になった。

「おれは、あんたとかくれんぼなんかしてたのか？」

気づけばそんなことを尋ねていた。意外な質問だったのか、ユーリウスはその視線をヴァロから怜に向けた。紺碧《こんぺき》の双眸は、何度見てもドキリとするほど美しい。

「昔のお前は今と違ってとても素直だったからな。私の遊びの誘いを拒んだことなど一度たりともなかった。お前はすべてきれいさっぱり忘れているようだが」

厭味ったらしい口調で言われても、二歳の頃の記憶などあるはずもない。

――それに、まだ全部認めたわけじゃない。

いきなり見たことも聞いたこともない世界に飛ばされて、お前はここで生まれたのだと言われて、ああそうですかと信じられるほど怜の頭はおめでたくできていない。ただ日を追うごとに「認めざるを得ない」気持ちになってきたことも確かだった。

――おれはこれからどうなるんだろう。

こんな茶番認めるものかという猜疑心《さいぎしん》と反発心は徐々に薄れ、怜の心は今後への不安と憂鬱《ゆううつ》に支配されていた。元の世界に戻れる日は来るのだろうか。もし戻れたとして、この空白の時間をどう説明すればいいのだろう。

――バイトの面接、バックレちゃったしな……。

やむを得ない事情があったとしても許してはもらえないだろう。そもそもありのままを話したところで信じてもらえるわけがない。当の怜だって、まだどこかで疑っているのだから。

ユーリウスからの誘いはあれ以来ない。二度目を望んでいるわけではないが、これではなんのためにこの世界にスリップしてきたのかわからなくなる。

——やばい、また落ち込んできた。

きっと大丈夫、なんとかなるさ。ずっと自分に言い聞かせてきた。けれど具体的な解決策が見つかるわけもなく、日に何度か地の底まで落ちてしまったような、どうしようもなく暗い気分になるのだった。

ふと横顔に視線を感じた。何事かと振り向いた途端、ユーリウスはふいっと視線を外して背を向けてしまった。

——うわ、感じ悪っ。

怜は眉をひそめたのだが、ユーリウスの口から出たのは思いもよらない台詞だった。

「明日の朝食後、出かける準備をしておけ」

「は？」

突然の命令に、怜はきょとんと首を傾《かし》げた。

「ネイオランド市内を案内する」

「案内って……なんで？」

「未来の皇太子妃が国の首都を訪問するのに理由など必要ない。とにかくそのつもりでいるように。わかったな」

それだけ告げると、ユーリウスは部屋を出ていってしまった。

「わかったなって……」

わかんねえよと言い返す暇も隙《すき》もなかった。呆気にとられたまま、怜は傍らのソファーに腰を落とす。眠りを妨げられたヴァロは、迷惑そうにソファーを下りた。

「なあヴァロ、もしかしてユーリウスは、おれが落ち込んでたことに気づいたのかな」

ヴァロは答えず、大きな欠伸をして床に伏した。飼い主であるユーリウス以上に不遜なその態度に、怜は苦笑する。

見えない自分の未来に気分が塞いだ。憂いに満ちていたであろう怜の横顔を、ユーリウスはじっと見つめていた。

「気分転換させてやろうとか、思ったのかな」

ヴァロは答えない。餌と睡眠以外には一切興味がないのだろう。

——まさかね。

ヴァロとの会話を諦めたところで部屋のドアがノックされた。

「レイ様、こちらにいらっしゃったのですね」

昼食の準備が整ったことを知らせに来たウォルフだった。

「いつものようにお部屋の方にご用意してよろしいですか？　それとも食堂で召し上がりますか？」

「部屋に戻ります。あの人、出かけちゃったし」

あの人とは無論ユーリウスのことだ。ウォルフは肩を竦めると優しい笑みを浮かべ「かしこまりました」と一礼し、踵を返そうとした。

怜は「あの」と声をかける。

「はい、何か」

「明日ネイオランド市内を案内するからそのつもりでいろって、さっき言われたんですけど……あの人に」

「今ユーリウス様から伺いました。準備は私にお任せください。レイ様は朝寝坊なさらないようにだけお気をつけいただければ大丈夫でございます」

ウォルフのおっとりとした態度は、いつも怜の心の漣《さざなみ》を鎮めてくれる。

「宮殿を出るの初めてだから、ちょっとドキドキします」

「楽しみでございますね」

ウォルフの笑顔に、怜は素直に「ええ」と頷いた。

「ユーリウス様もきっと楽しみになさっていると思いますよ」

「あの人が？　まさか」

「なぜそう思われるのですか？　ユーリウス様からお誘いになったのでしょう？」

「誘うというより、あれはほぼ命令です。『未来の妃が国の首都を訪問するのに理由など必要ない。とにかくそのつもりでいるように。わかったな』ですよ？」

ユーリウスの口調をそっくり真似てみせた。よほど似ていたのかウォルフは腹筋を震わせて笑いをこらえているようだった。

「ね、ひどいでしょ？」

『ユーリウス殿下はとても美男子でいらっしゃるのに、少しばかりお冷たいところが残念』

意図せず耳にしてしまったユーリウスの巷《ちまた》での評判を話すと、ウォルフはちょっと困ったように瞳を揺らした。

「そういったお噂があることは存じております」

「あの人自身も知っているんですか」

「確かめたことはございませんが、おそらく」

「そんな噂を誰が立てたんだ！　って怒り狂ったりしないんですか？」

ウォルフは「まさか」と静かに首を振った。

「あのお美しい瞳の色が、もしかするとユーリウス様を感情のない冷ややかな人間だと感じさせてしまうのかもしれませんね。確かにユーリウス様はいつも冷静で、ずいぶんと厳しい意見も躊躇《ちゅうちょ》なくおっしゃるので誤解されてしまうのかもしれませんが、決して冷たい方ではありません」

「そう……なのかな」

「皇太子殿下たるもの、対外的に決して弱みを見せるわけにはいきません。お立場上、周囲の者に対して厳格になりがちなのは致し方ないことなのです。それもこれもすべてはこの国の未来と国民のためを考えてのことなのです」

「でも『お冷たい』んでしょ？」

ウォルフは「それは」と苦笑を浮かべる。

「主に貴族の女性方のご意見でしょう」

「貴族？」

ウォルフ曰《いわ》く、王家に嫁ぐことを夢見る貴族の妙齢女性は少なくないのだという。

「今に限ったことではございませんが、特にユーリウス様はあのご容姿ですから」

どこの世界でも権力を手にしたイケメンは無敵、ということらしい。

「これまでユーリウス様がご提案になった政策は、どれも国民の生活を安定させ、質を向上させるものばかりです。若き皇太子の手腕に多くの国民は満足しています」

いつも一番近くに控えているウォルフの意見は、きっと的を射たものなのだろう。何よりウォルフ自身がユーリウスに心酔しているのがわかった。己の主をかけ値なしに尊敬できる彼が、ちょっぴり羨《うらや》ましくもある。

「心根の温かい、気遣いのできる方でなければ、あのように国民の信頼を得ることはできません」

「そうなのかな……」

確かに先だっての行為の最中も、ユーリウスが暴走することはなかった。オメガのフェロモンに煽《あお》られながらも、怜の身体を傷つけないように気遣ってくれているのがわかった。さっきだって怜の表情が曇ったのを見逃さず、気分転換の提案をしてくれた。

――完全に上から目線ではあったんだけど。

怜は頬杖《ほおづえ》をついて窓の外を見据え、はあっと長いため息をついた。

「ただしその温かさを伝えるための表現力は、壊滅的かも」

視界の隅でウォルフが口元を押さえ小さく二度頷いたのを、怜は見逃さなかった。

――案外面倒くさい系の王子様なのかも。

そう思ったら、ほんの少しだけユーリウスを身近に感じた。


翌朝、軽めの朝食を済ませた怜は、約束通りユーリウスとネイオランド市内へ馬車で出かけた。現代日本の多くの若者がおそらくそうであるように、怜も生まれてこの方馬車という乗り物にはまるで無縁だった。そもそも本物の馬車を間近で目にしたのも初めてで、乗車前からちょっとした興奮を抑えられなかった。

玄関脇にずらりと並んだ馬車はどれも絢爛《けんらん》な飾りつけが施されていて、思わず「すげえ……」と小学生のように呟いていると。

「目を輝かせているところすまないのだが」

背後からユーリウスの声がした。

「あれらは祭事用だ。今日は別の馬車を使う」

「え、そうなの」

きょとんとする怜に、ウォルフが「本日はお忍びですので」と囁いた。彼の指した手の先を見ると、ほとんど装飾のない黒っぽい馬車が数台連なっていた。

「どうした。あっちじゃなくてがっかりしたか」

ユーリウスがからかうように訊く。

「……別に」

本当はちょっと落胆したのだが、内心子供のようにはしゃいでいたことを知られたくなくて、怜は平然を装う。

「おれはシンプルな方が好きだから」

強がったわけではない。装飾が施されていないとはいえ、重厚な趣のある馬車はやはり王家らしい気品を漂わせていて美しかった。

お忍びとはいえ皇太子が市中にお出ましになるとなれば、やはり最低限の警護が必要であろうことは想像に難くなかった。しかし馬車の車列が数十台に及ぶのを見て、怜は心の中で「お忍びとは」と首を傾げてしまった。

何をするにもどこへ行くにも大勢の側近がぞろぞろとついてくる。ユーリウスにとってはきっとそれが当たり前なのだろう。アルバイトなしに生活が成り立たないが誰にも干渉されない暮らしと、一生食うには困らないが規格外の不自由と重責を強いられる暮らし。一体どちらが幸せなのか、その答えを出すことは怜にはできなかった。

「馬車って、案外尻に響くんだな」

一キロも進まないうちに、尻の感覚がおかしくなってきた。道路という道路がアスファルトではなく石畳だからだろう。おまけに座席のシートは意外にクッションが薄く、馬が走る振動が尻に直接響いてくるのだ。しかしユーリウスは「私は平気だ」と涼しい顔だ。慣れているのか我慢強いのか、その表情から読み取ることは困難だった。

パッカポッコというリズミカルな蹄《ひづめ》の音を聞きながら、怜は窓の外に目をやった。

道の左右にはびっしりとレンガ造りの建物が連なっている。形こそ様々だが屋根だけはくすんだ水色に統一されていて、歴史あるヨーロッパの街並みを思わせた。

元の世界線であれば間違いなく世界遺産に登録されるレベルの美しさに、怜はしばし言葉をなくして魅入ってしまった。

市場らしき場所には、色とりどりの野菜や果物などの屋台が所狭しと並んでいた。売る人も買う人もみな表情が明るく活気に溢れている。馬車列に気づいた人たちが口々に「皇太子様」「ユーリウス殿下」と声を上げ、気さくに手を振ってくる。ユーリウスは黙って小さく片手を上げるだけだったが、人々はそれでも十分満足そうだった。

『若き皇太子の手腕に多くの国民は満足しています』

昨日のウォルフの言葉は、どうやら大げさではなかったようだ。

「あれは何？」

怜は正面に見えてきた大きな建物を指さした。街並みから飛び出すように高く聳え立つその建築物にはきめ細かい彫刻がびっしりと施されていて、素人目にもその厳かさや神々しさが伝わってくる。

「ネイオランド大聖堂だ。父の五代前の国王が建設を指示したと聞いている。父が生まれる前年にようやく完成したそうだ」

世界史の教科書を地で行くような話に、怜は思わず「はえ～」と頓狂《とんきょう》な声を上げてしまった。

大聖堂の前には大勢の人の波ができていた。皇太子の馬車列をひと目見ようと集まってきたのだろう。

「すごい人気だな。さすがイケメン」

「イケメンとは？」

「美男子ってこと」

怜の軽口に、ユーリウスはその整った眉をきゅっと寄せた。

「顔かたちが整っていることは認めるが――」

認めるのかっ、と思わず突っ込みそうになった。

「私はそのおかげで国民の信頼を得ているわけではない。常に国民の要望に寄り添った緻《ち》密《みっ》かつ大胆な政策によって支持を得ているのだ」

「イケメンなのは関係ないと？」

「一切ない」

生真面目《きまじめ》なのか意地っ張りなのか、皇太子は譲らない。

「じゃあ訊くけど、あの子もあんたの政策を支持して、あそこに立ってるわけ？」

怜の視線をユーリウスが追った。そこに立っていたのは手に小さな花束を持った四、五歳くらいの女の子だった。ユーリウスの馬車列が通ると聞いて、プレゼントしようと野で摘んできたのだろう。素朴で柔らかな色合いの花束だ。

「あの花、あんた……ユーリウス殿下？　に渡したいんじゃないのかな」

本人の前で初めてその名前を口にした。ユーリウスは一瞬驚いたように目を見開いたが、すぐに「殿下はいらない」とそっぽを向いた。

——もしかして今、ちょっと照れた？

気のせいか頬が微かに上気しているように見える。なんだよ可愛いところもあるじゃないかと思ったのだが。

「渡したいのなら、馬車を止めて渡しに来ればいい。拒絶はしない」

「なっ……」

それが当然だとでも言いたげな発言に、怜は呆れて瞠目《どうもく》する。

「あのさあ、あんな小さな女の子が皇太子の馬車列を止められると本気で思ってるの？」

「止めろと言われれば止める。現にこうしてギリギリまで減速しているではないか」

確かに大聖堂前の人波を前に、馬車列はかなりその速度を落としている。国民に少しでも皇太子を身近に感じてもらおうという意思は感じられるのだが。

「国民と直接触れ合うのはやぶさかではない」

ツーンと澄ました表情で言い放つユーリウスに、怜はあんぐりと口を開くしかなかった。

「あんたがやぶさかでなくても、あの子はめちゃくちゃ躊躇《ためら》っていると思うよ」

「なぜ躊躇うのだ。拒絶などしないと言っているだろ」

「だ〜か〜らっ」

——ダメだこりゃ。

碧眼の皇太子は、なかなかの宇宙人だった。

「国民の要望に寄り添ってるんじゃなかったのかよ」

「寄り添っているだろ。ここ数年、私の政策によって国民の生活レベルは——」

「そういうことを言ってるんじゃない。どうしてあの子の気持ちがわからな——あっ」

不毛なやり取りをしている間に、人の波から抜け出した女の子が馬車の斜め前方で転んでしまった。

「すみません、止めてください！」

怜の叫び声に御者が慌てて手綱を引く。三頭の馬が小さくたたらを踏んで足を止めるのと同時に、怜は躊躇なく馬車を飛び出した。

「おい、レイ！」

ユーリウスが呼んだが無視した。怜は素早く女の子に駆け寄り、その小さな身体を抱き起こした。

「大丈夫？　痛いところはない？」

女の子は転んでしまったショックからか半べそをかいていたが、「ない」と気丈に答えた。怪我はなさそうでホッとする。

「よかった。大事なお花は無事だったね」

怜は立膝になり、服や膝についた砂を払ってやりながら話しかける。女の子は「うん」と愛らしい笑顔で頷いた。

「お花、ユーリウス殿下に渡したいんでしょ?」

「うん。でも……」

きっと受け取ってはもらえないだろう。諦め顔だった女の子が、次の瞬間、驚きの表情に変わる。その視線を追うように背後を振り返った怜は思わず「あっ」と声を上げた。

「怪我はないか」

いつの間に馬車から降りたのか、怜のすぐ後ろにユーリウスが立っていた。女の子は緊張のあまり、無言でふるふると頭を振った。たった今まで見せていた愛らしい笑顔は消え、表情が引きつっている。

——イケメン皇太子に突然話しかけられたら、普通そうなるよな。

怜は女の子の耳元で「ほら、お花」と囁いた。女の子は不安そうに、怜と花を交互に見ている。

「大丈夫、がんばって」

背中を優しくポンと叩いてやると、女の子は意を決したように頷き、ユーリウスに近づいていった。

「ユーリウスさま、これをどうぞ。野のお花です」

「美しい花だな」

ユーリウスは受け取った花に鼻先を近づけ匂いを嗅いだ。

「よい匂いがする。ありがとう」

そう言って、これまで一度も見せたことのない柔らかな表情で微笑《ほほえ》むと、ぎこちない手つきで女の子の頭を撫でてやった。その様子に、傍らに控えていた側近たちが一斉に目を見開き、互いに顔を見合わせた。

えっ、うそ、ユーリウス殿下ってあんな笑顔できるんだ。しかも頭を撫でたぞ。初めて見たわ。俺も初めて見た——。側近たちの無言の会話が聞こえてきそうで、怜は噴き出しそうになった。

ユーリウスと怜はほどなく馬車に戻った。ふたたび動き出した馬車列に、女の子は笑顔でいつまでも手を振っていた。

「あんたの辞書にも『笑顔』って言葉があったんだな」

からかう怜に、ユーリウスは表情ひとつ動かさない。

「私だって血の通った人間だ」

「血の通った人間はヒート誘発剤を使ったりしないと思うけど」

痛いところを突かれたのか、ユーリウスは一瞬眉根を寄せ「口の減らないやつだ」とため息交じりに呟いた。

「それよりなぜ一度だけなんだ」

「ん？」

なんの話なのかすぐにはわからず、怜はきょとんと首を傾げた。

「なぜ『あんた』に戻ってしまったのかと訊いているんだ」

ぶっきらぼうに言われ、怜はようやく質問の意味を解した。さっき一度だけ「ユーリウス殿下」と呼んだのに、なぜすぐにまた「あんた」に戻したのかと文句を言っているのだ。

「おれがあんたをどう呼ぼうと――」

「あんたと呼んだら命はないと言ったはずだ。同じことを何度も言わせるな」

鋭い視線でユーリウスは睨むが、ちっとも恐ろしくないのはなぜだろう。

「今後はさっきのように呼べ。これは命令だ」

あんたに命令される筋合いはない。喉まで出かかった台詞を、怜は呑み込んだ。それほどまでに名前で呼ばれたいのかと思ったら、四つも年上の皇太子がちょっぴり可愛く思えてきたからだ。

「わかりましたよ、ユーリウス殿下」

「殿下はいらない」

「ユーリウス」

自分でそう呼べと言ったくせに、ユーリウスはその美しい碧眼を揺らし、ぷいっと横を向いてしまった。

「わかればいい」

ツンとした横顔はいつも通り涼しげだ。しかし怜にはわかってしまう。ユーリウスが猛烈な照れと必死に闘っていることが。

日を追うごとに、言葉を交わすたびに、ユーリウスの印象が変わる。鬼か悪魔にしか思えなかった最初の印象は消え、今目の前にいるのは本人の申告通り「血の通った」ひとりの青年だ。

——ちょっとツンデレっぽいのが玉に瑕《きず》だけど。

「今からお前をこの国で一番美しい場所に案内しよう」

「美しい場所？」

海だろうか山だろうか。心躍らせる怜が連れていかれたのは、街の中心部を抜けた先にある小高い丘だった。ユーリウスが「この国で一番美しい」と太鼓判を押したそれは、馬車を降りた時からすでに視界に入っていたが、間近で見上げた瞬間、怜は感嘆のため息を漏らさずにはいられなかった。

丘の上に一本の古木が立っている。ただの古木ではない。巨大な古木だ。

四方に大きく広げられた枝には、淡い桜色の花が咲き乱れていた。

「すごい……」

「ユーリナの木だ。そしてここはユーリナの丘という」

「ユーリナ……」

ユーリナの木は、枝ぶりといい花びらの形といい、日本の桜そのものだった。

「こんなに大きな木、初めて見た。本当にきれいだ」

「樹齢千年と言われている」

「千年……」

「千年もの間この場所に立ち、ネイオール王国の歴史を見守ってきた木だ」

政策に迷いが出た時や疲労が溜《た》まった時、ユーリウスはお忍びでここを訪れるのだという。

「日本……おれがいた世界線にもすごく似た木があるんだ。桜っていう」

「サクラ……きっと美しいのだろうな」

「うん。こんなに大きな木は見たことないけど、すごくきれいだよ」

ユーリウスにも日本の桜を見せてやりたい。そう思った時だった。

怜の脳裏に一本の桜の木が浮かんだ。目の前に立つユーリナではなく、それは確かに桜の木だった。風が散らした花びらの向かう先に、砂場とぶらんこがある。

——公園……？

幼いころに遊んだことのある場所なのだろうか。懐かしさは確かにあるのに、それがど

こなのか思い出すことはできなかった。

「どうかしたか」

「え、あ、……ううん、なんでもない」

「そろそろ宮殿に戻ろう」

怜が疲れたのだと勘違いしたユーリウスは、馬車に向かって歩き出した。

「やあ、ユーリウス、きみもここへ来ていたのかい」

ユーリウスが馬車に片足を載せた時、背後から突然聞き覚えのある声が聞こえた。一度載せた足を下ろしながら、ユーリウスはゆっくりと後ろを振り返る。

「オルト、こんなところまでなんの用だ」

「別にきみに用があったわけじゃない。偶然さ。ユーリナの丘はきみだけのものじゃない」

ユーリウスは「何が偶然なものか」と言いたげに眉根を寄せたが、オルトがそれを気にする様子はなかった。ユーリウスのツンデレぶりには慣れっこなのかもしれない。

「もしかしてきみは、レイ？」

「はい、そうです」

怜が頷くと、オルトはパッと嬉しそうに破顔した。

「僕はオルトナークス。ユーリウスの従兄弟でネイオール王国の第五王子だ。きみは覚えていないかもしれないけど、小さい頃に何度か会ったことがあるんだよ？」

「記憶がなくてごめんなさい。あらためてどうぞよろしくお願いします」

「謝る必要はないよ。こちらこそよろしくね」

　チャーミングな笑みは、ユーリウスとは正反対のフランクで柔らかなものだった。

「早速デートかな？　仲がいいねえ。お世継ぎが生まれるのも間もなくかな」

「そっ、そんなんじゃ」

「おい、オルト」

　軽口を窘《たしな》めるユーリウスに、オルトは「照れることないだろ」と手をひらひらさせた。

「いやあ、それにしても想像以上に美しく成長したものだね。その昔ユーリウスはね、僕が遊びに行くときみを他の部屋にやってしまって、なかなか会わせてくれなかったんだ。きみを自分だけのものにしておきたかったんだろうね」

「オルト、いい加減に――」

「本当のことじゃないか。きみがいなくなってしまった後、ユーリウスは大変だったんだよ。塞ぎこむあまり何日も食事もとれなくて、何度も医者を呼んで――」

「オルト！」

　これ以上は許さないとばかりに、ユーリウスはオルトを睨みつけた。

「挨拶《あいさつ》は済んだのだからもういいだろう。レイ、帰るぞ」

ユーリウスは不機嫌丸出しのまま、先に馬車に乗るよう怜を促した。座席に腰を下ろした怜の耳に、開いた扉の外に立つふたりの会話が聞こえてきた。

「陛下には報告に上がったの？」

「いや……」

「早くした方がいいんじゃないの？　時間を置くほど気まずくなるだろう」

「わかっている」

「王妃のご体調のよい時を見計らって――」

「わかっていると言っているだろう」

珍しくユーリウスは歯切れが悪い。怜が戻ってきたことを父親に知らせたくない理由でもあるのだろうか。

「気乗りがしないのなら、僕が同行してもいいんだよ？」

「それには及ばない」

「しかし」

「報告のタイミングは私が決める。気遣いは無用だ」

ユーリウスはきっぱりと言い切る。オルトがふっと笑う気配がした。

「はいはい、わかりましたよ、皇太子殿下」

「ではな」

ユーリウスが馬車に乗り込む。「またね」と手を振るオルトに、怜は軽く会釈をした。

扉が閉まり馬車が動き出す。一体ふたりは仲がいいのか悪いのか。傲岸不遜で常に王族然とした態度のユーリウスと、まるで王族らしからぬ軽いノリのオルトは、水と油のようにも見える。しかしふたりの間に漂う空気は、親しい者、心を許し合った者の間に流れるそれに感じた。

同い年だというふたり。ユーリウスは言葉ほどオルトを煙たがっているわけではないのかもしれない。本当に嫌いな相手なら、そもそも宮殿に足を踏み入れることを許さないはずだ。

次期国王という立場上、誰彼構わず胸の内を明かすわけにはいかないユーリウスにとって、オルトは数少ない相談相手なのかもしれない。

——見事なほど何もかも正反対みたいだけどさ。

終始飄々《ひょうひょう》とした態度のオルトと、いちいち眉間に深い皺を寄せるユーリウス。思い出したら、ちょっぴり可笑しくなった。

宮殿に着くまでの間、ユーリウスの表情は冴《さ》えなかった。最後にオルトと交わした会話が原因なのは明白だったが、終《つい》ぞ彼がそれを話題にすることはなかった。

怜もまた尋ねようとはしなかった。なんとなく、軽々しく触れてはいけない話題のような気がしたのだ。

「今日はすごく楽しかった。ありがとう」

「疲れたんじゃないのか」

「全然。時間があったらもっといろいろな場所を見たかったくらい」

素直な感想を口にすると、ユーリウスは硬かった表情をようやく和らげ、白い歯を見せてくれた。

不意の笑みに心臓がドキリと鳴る。めったに見せない貴重な笑顔だからか、それともひと際美しく輝く紺碧の双眸のせいか。

「近いうちにまた案内しよう」

「本当に？」

「ああ。約束する」

――なんかちょっとヤバいかも……。

笑顔が眩《まぶ》しくて、鼓動の高鳴りが止まらない。

謎《なぞ》のドキドキに困惑していると、ユーリウスが突然向かい側の席から手を伸ばしてきた。何をされるのかと身構える怜に、ユーリウスは柔らかく微笑みかける。

「花びらだ。ユーリナの」

怜の肩からユーリウスが摘まみ上げたのは、ひとひらの花びらだった。

「……ああ、ほんとだ」

ユーリウスは馬車の窓を開けると、花びらを風に乗せた。ひらひらと舞うユーリナの花びらを見つめるユーリウスの横顔から、なぜだろう目を離せなくなってしまう。

一瞬、抱き寄せられるのではないかと思ってしまった。盛大な勘違いの中に混じった一滴の期待が、怜の頬を赤く染めた。

「どうした」

「え？」

「顔が赤い」

「ちょ、ちょっと、暑いかな」

「暑い？　私は涼しいくらいだが？」

「あ、暑がりなんだ」

「ふうん、幼い頃のお前は寒がりだったが」

気のせいか、ユーリウスの口調がちょっぴり楽しげだ。もしかして怜の勘違いに気づいてからかっているのだろうか。いやまさか、そんなはずはないだろうと思ったのだが。

「安心しろ。馬車の中で押し倒したりはしない」

「なっっ！」

何か言い返さなくてはと思うのに、焦りすぎて言葉が出てこない。今度こそ真っ赤になって口をパクパクさせる怜をよそに、ユーリウスは涼しい顔で窓の外を眺めていた。

——くっそぉ……。

勘違いを見抜かれた恥ずかしさと、からかわれた悔しさで怜は内心悶絶《もんぜつ》する。しかしなぜだろう、嫌な気分ではなかった。

宮殿の外に連れ出してもらったことも嬉しかったが、ユーリウスとこんなふうに他愛《たわい》もないやり取りができたことが、何よりの収穫に思えた。

部屋に戻ってからも、怜の脳裏からユーリウスの笑顔の残像が消えることはなかった。

誰かが腹の上に馬乗りになっている。苦しくて息ができない。

『いたいよ……やめて』

『やだね。お前の親、犯罪者なんだろ?』

『ちがう、もんっ……』

『うそつくな。みんなそう言ってるんだから。刑務所に入ってるって』

『そんなの、うそだ』

『うそつきは、こうしてやる』

——なぐられる。

痛みに耐えようと身を固くしたが、いつまで経っても衝撃が襲ってくることはなく、毛のようなものがふわりと頬を撫でただけだった。その違和感から、怜は夢を見ているのだと気づいた。

重い目蓋《まぶた》をゆっくりと開く。眩しい日差しに瞳孔《どうこう》が縮む鈍い痛みを覚えた。腹の上にどっしりと鎮座している案の定の姿に、怜はふっと頬を緩めた。

「ヴァロ、重い」

ベッドが目覚めたと知り、ヴァロは仕方なさそうに腹から地面に飛び降りた。貫禄たっぷりの後ろ姿に苦笑しながら、怜は傍らに落ちていた本を拾い上げた。

――嫌な夢だったな。

この宮殿で暮らすようになって二十日が過ぎた。数ある庭の中でも怜が好んで訪れるのは、宮殿の裏手にあるこの小さな庭だった。

シークレットガーデンといった趣の漂うその場所は、整然とした雰囲気の表庭とは反対に必要最低限しか人の手が加えられていないらしく、昼間でも人の気配がほとんどない。何本かの巨木の枝が作る木陰は静かで心地よく、怜は一日のほとんどをその裏庭で過ごすようになっていた。

この日も木陰に設えたロッキングチェアで本を読んでいたのだが、あまりの心地よさにいつの間にかうとうとしていたらしい。

ヴァロの尻尾《しっぽ》に撫でられた頬に手を当てる。

——あの時は、思いっきりひっぱたかれたんだった。

長い間思い出すことはなかった。とうに忘れたと思っていたが、記憶が消えたわけではなかったらしい。心の奥底に沈めたはずの悲しい記憶だ。

小学校に上がったばかりの春のことだった。児童養護施設にほど近い公園で遊んでいた怜に、同じ学校に通う男子児童が数名、ひそひそ話をしながら近づいてきた。全員怜よりひと回り以上身体が大きかったから、同じ一年生ではなく二年生か三年生だったのだろう。

『なあ、お前の親、刑務所にいるんだって？』

ひとりの少年がおもむろに尋ねてきた。そんなことを訊かれたのは初めてのことで、怜はきょとんとしながらも『ちがうよ？』と答えた。

実はこの頃、一部の保護者たちの間に、怜の出自に関して根も葉もない噂話が広がっていた。児童養護施設に預けられているのは、母親が服役しているからだというのだ。父親が反社会勢力の人間だという尾ひれまでついていたらしいが、まだ六歳だった怜がそんなことを知る由もなかった。やった子供たちも親たちの噂話をただ鵜呑《うの》みにしたのだろう。

仮に噂が事実だったとしても、それを理由にからかったり、あまつさえ暴力を振るったりするのは言語道断なのだが、そんな当たり前のことに思い至ったのはずいぶんと後になってのことだった。とにかくその時の怜は一方的にうそつきよばわりされ、叩かれ、蹴られ、砂だらけにされたことが悔しくて悲しくて仕方がなかった。

泣きながら帰ってきた怜を見て施設長夫妻は驚き、そして激怒した。すぐに学校に連絡を入れ、担任教諭や校長と一緒に手を出した子供たちの親に強く抗議をしてくれた。

彼らが心から反省したのかは確かめようもないが、幸いなことに施設長夫妻の抗議によって嫌がらせの芽は摘まれ、本格的ないじめに発展することはなかった。

――本当に優しい人たちだった。

優しいだけではなく、とても強い人たちだった。

『先生、私たちはね、施設の子供たちを血を分けた息子、娘だと思って育てています。こういういじめの芽を放置すれば、必ずまた同じことが起きる。だから怜くんをこんな目に遭わせた相手の親にきちんと抗議をしたい。それは相手のお子さんのためでもあると思うのですが、違いますか？』

当初なるべく事を荒立てないようにと提案してきた担任教師と校長に、施設長は切々と訴えた。その凛《りん》とした姿と声を、怜は今でもはっきり覚えている。

施設を出て早一年。まだ一度も会いに行けていないが、夫妻は元気にしているだろうか。

そもそも、もう一度会うことはできるのだろうか。そう思う時、別の世界線に飛ばされるという荒唐無稽な状況を、次第に受け入れつつある自分に驚きを禁じ得ないのだった。

ふと先日ユーリウスに連れていってもらったユーリナの丘の景色が浮かんだ。樹齢千年だという大木は、枝ぶりや花びらの色だけでなく、匂いまで桜そっくりだった。

——きれいだったな。

うっとりと目を閉じながら、そういえば十三年前のあの公園にも、大きな桜の木があったことを思い出した。砂だらけになって泣きじゃくる怜の足元に、はらはらとピンク色の花びらが舞い落ちてきた。

——そうだ、あの時……。

何かが脳の奥で光った気がした。ほんの小さな記憶の欠片だ。

怜は目の前で蹲《うずくま》る白い巨体に声をかけた。

「なあ、ヴァロ。お前、前にも一度、おれを迎えに来なかったか？」

講義棟の屋上から落下する途中に蘇りかけた光景。目を覚ました時にはすっかり忘れていた。しかしその後ユーリナの丘でふたたび思い出しかけたのは、間違いなくあの時の公園だ。桜に酷似しているユーリナの木を見て、記憶が呼び起こされたのだろう。

蘇ったあの日の光景の中には、なぜかヴァロの姿があった。膝を抱えて泣きじゃくっていた怜の視線の端に、時折チラチラと大きな白猫が映っていたような気がする。

「もしかしてあれ、お前だったんじゃないのか？」

ヴァロは反応しない。しかし浮かんだ思いは次第に確信へと変わっていく。

「なあ、そうだろ？　ヴァロ」

根気よく待ち続けていると、ついにヴァロがうっすらと目を開けた。視線が絡んだその瞬間『そんなことがあったかもな』という空気を感じた。

「やっぱり！」

思わず声を上げてしまった。

「そうだ、だんだん思い出してきたぞ。あの時確か大きな白猫がおれの前をうろちょろしていた。首輪してないから野良猫なのかなって。野良猫にしてはずいぶんでっかいなって」

次第に記憶が鮮明になっていく。

「おれの頭に変な草の輪っか？　みたいなのを載せたのも、お前の仕業だったのか？」

十三年も前のことなので曖昧《あいまい》なのだが、立ち上がった時、頭に草で編まれた輪が載せられていた気がする。シロツメクサのような、けどちょっと違うような、とにかく白い雑草で雑に編まれたそれは、女の子たちが保育園の園庭でよく作っていた草の冠に似ていた。

ヴァロは答えない。しかしあの時公園には怜とヴァロ以外の姿はなかったはずだ。

「そっか。お前とおれは、ずっと前に会っていたんだな」

感慨を覚える怜だったが、同時に至極当然の疑問が浮かんでくる。あの白猫がヴァロだったのなら、なぜあの日、自分はネイオール王国にスリップしなかったのだろうか。ヴァロがなんの目的もなく世界線を行き来しているとは考えにくい。飼い主であるユーリウスの意を汲《く》んで、怜を連れ戻しにやってきたのは間違いないはずなのだ。

——おれが泣いていたから？

声をかけそびれてしまったのだろうか。しかしそろそろ施設に帰ろうと立ち上がった時には、ヴァロの姿はもうなかった。

——ヴァロがミスったとか……いやいや、まさかな。

いやしくも一国の皇太子の飼い猫が、大事な任務でミスを犯すとは考えられない。

「なあ、ヴァロ、あの時——」

そこは本人に訊くのが一番だろうと、ヴァロに近づこうとした時、背後から「レイ様」とウォルフの呼ぶ声がした。

「やはりこちらにいらっしゃいましたか」

「本を読んでいたんですけど、うとうとしてしまったみたいです——何か？」

「お客様が帰られたので一緒にお茶でもどうかと、ユーリウス殿下が」

ユーリウスはこの日、隣国の皇太子の訪問を受けていた。会談は昼食を挟み、午後まで続いていたのだがようやく終わったらしい。

「ありがとうございます。ぜひ」

十三年前にもヴァロは世界線を渡ったのか、ぜひともユーリウスに確かめてみたいと思っていたところだった。怜はウォルフと並んで宮殿の方へと歩き出した。

「この庭は、レイ様のお気に入りの場所なのですね」

「ここが一番落ち着くんです。静かで人も少ないし」

怜がこの裏庭をいたく気に入っていることは、ウォルフもユーリウスも知っている。

「宮殿内は昼夜問わず使用人たちの出入りがございますからね。いつもバタバタしていては落ち着かないでしょう」

「そんなことはないです。むしろこの広さの宮殿にしては、使用人の数が少ないんじゃないかと思っていました」

この宮殿に来てからずっと感じていたことを口にすると、ウォルフが「それは……」と言葉を詰まらせた。

「ユーリウス殿下のご意向で、使用人は最低限の人数にしているのです」

「そうなんですか。でもユーリウスは次期国王なんですよね？　警備とか大丈夫なのかなあ、なんてちょっと思ったり」

「警備は万全なのでご心配には及びません。宮殿を囲む高い塀をご覧になったでしょう。あれを越えることは容易ではございませんので」

ウォルフは微笑む。その横顔が何かを隠しているように感じたのは気のせいだろうか。

「こちらの扉から入りましょう。ティールームに一番近いので」

誘われてティールームに続く長い廊下を歩く途中、怜はウォルフの背中に声をかけた。

「あの」

「はい、なんでしょう」

実直な側近は足を止めて怜を振り返った。

「答えられなければ答えなくて構わないんですけど」

「ええ」

「ユーリウスはどうしておれが戻ってきたことを、国王陛下に報告しないんでしょうか」

途端にウォルフの瞳が揺れた。

「そ、それは……」

こんなに動揺する彼を見るのは初めてのことで、怜はやはり触れてはいけない話題だったのだと悟った。

「私の口からはちょっと……」

「ああ、いいんです。ちょっと訊いてみただけなので」

「申し訳ございません」

ウォルフが小さく頭を下げた時、傍らの階段から人が下りてくる足音がした。

「ずいぶんと私に興味を抱いてくれているようで嬉しい限りだ」

ユーリウスがゆっくりと階段を下りてくる。

「私のことを訊き出そうとするなら、ウォルフだけはやめておけ。彼の口はダイヤモンドより硬いと有名だからな。――ウォルフ、ここでよい」

ウォルフはユーリウスに一礼して下がった。

「訊きたいことがあるのなら私に直接訊けばいい。正直に答えるとは限らないがな」

嬉しい限りという言葉とは裏腹に、ユーリウスはお世辞にも上機嫌とは言えなかった。

やれやれ憂鬱なティータイムになりそうだと、怜は小さく嘆息した。

テーブルが整うと、ユーリウスはすぐに人払いをした。重苦しい空気の中、ユーリウスは悠然とティーカップを口に運ぶ。何か話した方がいいだろうかと迷っていると、彼が先に口を開いた。

「この宮殿の警備を心配してくれているようだが、内部の人間を少数先鋭にすることが、私にとっては最高の警備になる」

俄かには意味を解せず、怜は首を傾げた。

「信頼のおける人間以外、この宮殿に入れたくない」

「以前に何かあったの？」

何か、と含みを持たせたが、ユーリウスには伝わったようだった。

「いずれも大事には至らなかったがな」

命を狙《ねら》われたことがある。おそらくそれがユーリウスの答えだ。しかも「いずれも」と言うからには一度ではなかったのだろう。

心から信頼のおける人間を集めるには限りがある。だからユーリウスは異様なほど高い壁で宮殿を囲い、建物の周囲に獰猛な猟犬を放ったのだ。

二十三歳という若さで国を背負って立つ。想像を絶する重責に耐えているのに、命まで狙われるなんて。人を信用できなくなるのも致し方のないことかもしれない。怜が彼の立場だったらきっと数日で頭が変になってしまう。

なぜ父親である国王に相談しないの？　そう尋ねようとしてやめた。先日のオルトとのやり取りに鑑みれば、ユーリウスと国王の間に何かしらの確執があるのは明らかだ。そんな怜の心中を見抜いたように、ユーリウスが「国王は」と切り出した。

「母上を殺した」

「え……」

ショックは、少し遅れて脳に届いた。怜はカップを手にしたまま固まる。

「殺したって、それ、どういう……」

「そのままの意味だ。父親である国王陛下は、私の母親である王妃を殺したのだ」

言葉を失くした怜に、ユーリウスはさらなる衝撃の事実を打ち明けた。事の発端は怜がスリップしたことなのだという。

「スリップが起きてお前が消えた時、傍《そば》にいたのは母上ひとりだった」

皇太子・ユーリウスの将来の番として国王の宮殿に引き取られた怜は、国王夫妻や使用人たちに見守られ、すくすくと成長した。ところが二歳九か月のある日、遊んでいた庭から突然姿を消してしまう。

「その日お前は、木の切り株から飛び降りる遊びを繰り返ししていたらしい。ところが何度目かのジャンプをした瞬間、突然姿が消えてしまった。傍にいた母上は何が起こったのかわからず、半狂乱で父上の部屋に駆け込んだそうだ。私は宮殿内で数学の講義を受けていてその場にはいなかった。ヴァロも私と一緒だった」

状況から判断してスリップが起こったのだろうという結論に達したが、皇太子の番になるはずのホワイトオメガをアクシデントから守れなかった王妃を、国王は決して許さなかったという。怜は「そんなっ」と目を見開いた。

「だってスリップって、いつどこで起こるかもわからないんだろ？　誰にも防ぎようがないじゃないか」

歪みが目に見えないものであることは、そこを通り抜けた経験のある怜が一番よく知っている。歪みを察知できるのはヴァロしかいないのだ。しかしユーリウスは冷酷な嗤《わら》いを浮かべ、静かに首を横に振った。

「国王は激しくお怒りになり、母上を国内の僻地《へきち》にある古城に幽閉した」

「幽閉って……自分の妻なのに」

仮に王妃に何らかの落ち度があったとしても、古城に幽閉なんて酷《ひど》すぎる。しかもその原因を作ってしまったのが自分だという事実に、胸が苦しくなった。

「元々身体が丈夫ではなかった母上は、次第に心身を病み、床に臥《ふ》せるようになったと風の噂で耳にした。しかし会いに行きたいという私の願いを国王が聞き入れることは終ぞなかった。幽閉から一年後、母上は苦しみの中で死んだ。私が七つの時だ」

ユーリウスが母親の死の真相を知ったのは、彼女の死から二年後、九歳の時のことだったという。

『国王陛下も無体なことをなさる。レイ様をスリップから守れなかったからといって、あのような僻地の古城に幽閉なさるとは。それが原因で命を落とされたのだから、王妃殿も浮かばれまい』

使用人たちが話しているのを偶然耳にしてしまったユーリウスは、激しいショックを受けた。血の繋がった父親であろうと、いや血が繋がっているからこそ、父親のしたことを決して許すことはできないと思った。

十二歳になると、ユーリウスはそれまで暮らしていた宮殿から今の宮殿へと居を移した。以降現在まで、国王とは必要最低限の連絡しか取り合わない、冷ややかな関係が続いているという。

「十二歳で独り立ちって……陛下は何もおっしゃらなかったの？」

「好きにすればいいという態度だった。すれ違うたびに自分を睨みつけてくるような息子だ。出ていってくれてせいせいしたというのが本音だろう」

「そんなことは……」

「ないだろうって？　それなら教えてやろう。国王陛下は一昨年、新しい妃を迎えられた。三日間にもわたる結婚披露宴は、それはそれは豪華で盛大だったそうだ。残念ながら私は体調を崩していて出席できなかったがな」

　ユーリウスは口元に自嘲《じちょう》めいた笑みを浮かべた。その表情があまりに寂しげで、怜の胸は重苦しい痛みを覚える。体調を崩したというのはおそらく式を欠席するための口実だったのだろう。実母を死に追いやった父親を、ユーリウスは今もなお憎み続けているのだ。

　本来なら怜が戻ってきたことを真っ先に報告すべき相手は国王のはずだ。しかしユーリウスは未《いま》だ報告に上がっていない。それどころか半年前から体調を崩しているという国王を、一度も見舞っていない。その理由はあまりにも無情で残酷なものだった。

「陛下は、初めから母上のことを愛してなどいなかったのだ。それでなければあんな仕打ちをするはずがない」

　少し冷めた紅茶をすすりながら、ユーリウスは遠い目をして呟いた。

『愛のない交わりによって生まれた赤ん坊は可哀そうだからな』

あの時のユーリウスの台詞の意味が、今ようやく胸に突き刺さった。

父親が母親を死に追いやる。厳密には直接手を下したわけではないが、幼いユーリウスにとっては「殺した」も同然だったのだろう。

「ユーリウスは、確かめたの？」

「何をだ」

「陛下が、その、本当に王妃を……」

皆まで口にする前に、ユーリウスはきっぱりとした口調で「当然確かめた」と答えた。

使用人たちの話を耳にしたその夜、ユーリウスは国王・アルベルトスの部屋を訪ねた。

『陛下にお伺いしたいことがあります』

『なんだ』

『陛下はなぜ、母上を古城にやったのですか』

息子の質問に、アルベルトスは口を噤《つぐ》んだまま何も答えなかったという。

『レイを見失った責任を取らせるために幽閉したという話を聞きました』

『そうか』

『否定なさらないのですか』

頼むから否定してください。そんなユーリウスの願いも虚《むな》しく、アルベルトスは感情のない声でこう答えたという。

「好きなように解釈するがいい。理由がどうあれ、王妃が二度と戻ってこないことに変わりはない。――それが陛下の答えだった」

「そんな……」

実の父親から突きつけられた刃《やいば》のような答えを、九歳のユーリウスはどんな気持ちで受け止めたのだろう。その心中を思うと、怜の胸はキリキリと痛んだ。

「ひとつ、いいことを教えてやろう」

いいことと言う割に、ユーリウスの瞳は真冬の湖のように昏《くら》い。どうやら引き続き楽しい話ではなさそうだ。

「陛下が体調を崩される直前のことだ。王妃の懐妊がわかった」

「懐妊って、赤ちゃんができたってこと？」

ユーリウスは静かに頷く。

「生まれた子が男子なら、その子が次期国王となるだろう」

「えっ」

さらりと告げられた事実に、怜はまたぞろ言葉を失くす。

「陛下にそう言われたの？」

「いや。しかし考えるまでもないことだ。私はそれまでの、いわば繋ぎ役だ」

「そんな……」

自分をひどく恨んでいるであろう前妻の子と、今現在愛している王妃の子。国王がどちらを世継ぎとして選ぶのか、考えるまでもないことだ――。ユーリウスの昏い瞳がそう語っていた。

「どうだ。お前にとってもよい話だろう」

「……えっ」

「わからないのか。もし王妃に男子が生まれればその子が次の国王となる。ブルーアルファの私に世継ぎが生まれなくとも王家は存続される。つまり私とお前が番になり、世継ぎをもうける必要はなくなるということだ」

そこまで言われて、怜はようやく「あっ」と声を上げた。

「まったくお前も不運だったな。ヴァロが世界線の歪みを見つける前に、王妃がもし男子を出産していれば――」

不意にユーリウスが言葉を濁した。

「おれがネイオール王国に来ることはなかった……？」

「そういうことだ」

すっと視線を逸《そ》らし、ユーリウスが頷いた。

「そうなったらおれはもう、必要なくなる……」

なぜだろう、胸の奥がずんと重苦しくなった。

「朗報はもうひとつある。世界線の歪みは一度発生すると、しばらくの間同じ場所に発生することがあるらしい」

「え、そうなの」

「はっきりと確認されたわけではない。しかしお前が元の世界に戻れる可能性はゼロではないということだ。どうだ、嬉しいだろう」

ユーリウスはふんっと不遜に笑った。

――元の世界に……日本に戻る。

ずっとそれを望んでいたはずなのに、ひどくショックを受けている自分がいた。

「どうした。もっと喜んだらどうだ。元の世界に帰ってまた『サイヨウシテクダサイ、マカナイツキデ』と呪文を唱えたいのだろ？」

ユーリウスの口調が、拗《す》ねた子供のそれに聞こえるのは思い過ごしだろうか。

「ユーリウスは……いいの？」

「何がだ」

「王妃に男の子が生まれて、その……」

皇太子の座を奪われてもいいの？　呑み込んだ問いを察したのだろう、ユーリウスは口元を歪め「いいも何も」と嘆息した。

「お前が元いた世界のことは知らないが、ここネイオール王国ではそれが当然なのだ。跡目を誰に継がせるかは国王が決める。建国以来ずっとそうしてきた。不満を抱えた者が謀反を企てたり、世継ぎの暗殺を謀《はか》るなどということも、決して珍しいことではない」

さらりと言ってのけるユーリウスはまだ二十三歳だ。学業とアルバイトに明け暮れていた日本での暮らしが、いかに恵まれたものだったのかを嫌というほど思い知った。

「ちなみにこの件は、ごく限られた人間しか知らないことだ。軽々しく口外しないように」

「………」

「わかったな」

「……わかったけど」

こんな時、どんな言葉をかければいいのだろう。そもそもかけるべき言葉など存在するのか。ユーリウスが歩んできた道のりの想像を絶する過酷さに、ただ胸を痛めることしかできない。

自分の無力さに打ちひしがれていると、どこからともなくヴァロが現れ、ユーリウスの膝の上に飛び乗った。愛猫《あいびょう》の登場に、ユーリウスの表情が微かに緩む。

「ヴァロ……まったくお前というやつは、いつも神出鬼没だな」

「なぁ～おぉ～ん」

いつもはツレない態度のヴァロが、今日に限ってユーリウスの手や頬を、ぺろぺろとしつこく舐《な》め回している。

『そんなに暗い顔をするな』

ヴァロの声が聞こえた気がした。

「こら、ヴァロ、よさないか。おいっ、くすぐったいだろ」

よせと言いながら、ユーリウスがヴァロのスキンシップを本気で嫌がっていないことは怜にもわかった。孤高の皇太子が本当に心を許せるのは、この食いしん坊のデブ猫だけなのかもしれない。

愛猫とじゃれ合うユーリウスの表情はいつになく幼く見える。そんな些細なことにホッとしている自分がいて、怜はひどく複雑な気持ちになる。

少しずつ、心の中のユーリウスの存在が大きくなり始めている。ブルーアルファとホワイトオメガという運命づけられた関係だということを別にしても、ユーリウスというひとりの人間に惹かれ始めていることは確かだった。

だからといって、元の世界線に戻りたい気持ちがなくなったわけではない。

――ヴァロの協力を得られるのなら……。

そう考えて、怜はハッとする。以前ほど切実に、元の世界線に戻りたいと思わなくなっていることに気づいたのだ。

突然消えてしまったことで、友人や知人が困惑したであろうことは想像に難くない。事故や事件に巻き込まれたかもしれないと思い、必死に探しているかもしれない。みんなの顔を思い浮かべるたび、一刻も早く戻りたいと願わずにはいられない。

しかしそれと同じくらい、いやそれ以上に強く、今はユーリウスの傍にいたいと思ってしまう。見る者の心を揺さぶるほど美しい紺碧の双眸の奥に、胸のつぶれるような過去と孤独を隠し、国と国民のために日々腐心する若き皇太子に、少しでも安らぎを与えられるなら、それが自分の使命なのだとしたら――。

そんなことを考えていると、突然ドアがノックされウォルフが入ってきた。いつになく険しい表情でユーリウスに近づくと、素早く何かを耳打ちした。

ユーリウスは表情こそ変えなかったが、「わかった」と頷いて立ち上がるその横顔はひどく硬かった。察しのいい飼い猫は、彼の膝から素早く床に飛び降りる。

「ティータイムは終わりだ。私は公務に戻る。お前は自分の部屋に戻れ」

「あ……うん、わかった」

怜が立ち上がると、ウォルフが「私がご一緒いたします」と傍に寄ってきた。広い宮殿内で迷子になるのではと心配しているのだろう。

「大丈夫です。宮殿の間取りはほぼ頭に入っているので、ひとりで――」

「ダメだ」

苦笑交じりだった怜は、ユーリウスの激しい声にビクンと身を竦めた。

「ウォルフにつき添ってもらうんだ。いいな。それから今日は部屋から出ることは許さない。一歩たりともだ。わかったな」

それだけ言うと、ユーリウスはコートの裾《すそ》を翻して部屋を出ていってしまった。

――ユーリウス……？

一体何があったというのだろう。

「あの……」

傍らのウォルフに尋ねようとしたが、やめた。彼の口はダイヤモンドより硬いというユーリウスの言葉を思い出したのだ。何か深刻な事態が起きたのだとしても、ユーリウスの許可なしにウォルフから詳細を訊き出すことは難しいだろう。

部屋に戻る長い廊下を歩くふたりを、何人もの使用人が小走りに追い越していく。いつになく空気がピリピリしているように感じるのは気のせいなどではないだろう。

大事でなければいいなと祈りつつ部屋の前に着いた。

「十三年前のこと、結局訊けなかったな」

午後の気配が濃くなってきた部屋で、怜はポツリと呟いた。


国の一大事だったらどうしようと、眠れない夜を過ごしたが、幸い翌朝には宮殿内の空気も使用人たちもいつもの落ち着きを取り戻していた。怜は翌々日には自室から出ることを許可され、さらにその翌日には「裏庭に限る」という制限つきではあるが、建物の外に出ることも許された。

心配が杞憂《きゆう》に終わったことに胸を撫で下ろしながらも、怜の心の片隅には小さなしこりが残っていた。あの日以来、ユーリウスの表情が冴えない気がするのだ。

ティータイムの途中で突然『部屋に戻れ』と命令されてから五日。若き皇太子は普段以上に忙しく公務に当たっていて、顔を合わせる機会はめっきり減っていた。

それまでは忙しい仕事の合間を縫って部屋に顔を出してくれた。時間のある時には昼食や夕食を共にしたりしていたのに、ここ数日は一度も一緒に食事をしていない。

気鬱の原因はそれだけではなかった。騒動の後使用人の配置換えが行われたらしく、怜の部屋の掃除係がいつの間にか別の中年男性に代わってしまったのだ。新人らしく初々しい仕草で窓を磨いたり水差しの水を交換してくれたあの小柄な青年は、ウォルフによると暇を取って実家に帰ったらしい。

年が近いこともあって、毎朝顔を合わせるたびに軽く言葉を交わすようになっていた。この頃ではいくらか緊張も解けた様子で、時折笑顔も見せてくれていた。ひと言声をかけてくれたらお礼くらい言えたのに。ちょっとばかり親しみを覚えていただけに、突然の別れは怜の気持ちを余計に暗くした。

とはいえ塞ぎこんでばかりもいられない。忙しいユーリウスとひと言だけでも言葉を交わそうと思い立ち、今朝《けさ》は早起きをして公務に出かけるユーリウスを玄関で見送った。ユーリウスは一瞬驚いたように目を見開いたが、すぐにいつも通りの落ち着いた表情に戻って『行ってくる』と頷いた。

『行ってらっしゃい。気をつけて。公務が一段落したら、また市内を案内してくれる？』

怜の問いかけに、ユーリウスは微かに瞳を揺らして首を横に振った。

『当分は無理だな』

『そう……』

社交辞令など言えない人だとわかっていたが、あまりにつれない返事に怜は項垂《うなだ》れるしかなかった。なぜ当分無理なのか、理由の説明は一切ない。ユーリウスもウォルフも何も話してくれない。言い知れぬ不安と不満に押しつぶされそうになる怜に、ユーリウスは怜悧な目元を少しだけ緩めて言った。

『今夜は帰れないが、明日は久しぶりに夕餉の時間までに戻れそうだ』

『それじゃあ……』

思わず目を輝かせた怜に、ユーリウスは小さく頷き、明日の夕食を共にすることを約束して、公務用の馬車へと乗り込んでいったのだった。

たったそれだけのことなのに、心に垂れ込めていた黒い雲が晴れていくのがわかる。無論すべて消えたわけではないが、雲間から光が差し込むのは久しぶりのことだった。

ユーリウスにも怜自身にも、もしかすると気分転換が必要なのかもしれない。自分はともかくユーリウスは忙しすぎる。背負っているものの重さを考えると、もっとまめに休息を取る必要があるのではないか。

――じゃないと倒れちゃうよ。

怜はウォルフに、ひとつの案を持ちかけた。

「もし可能なら、明日の夕食をおれに作らせてもらえませんか」

勉強からもバイトからも解放された、と言えば聞こえはいいが、十代の健康な男子にとって暇すぎる暮らしはある意味拷問だ。庭で本を読みながら転寝《うたたね》をしても、部屋でヴァロをからかって遊んでも、気の遠くなるような余暇を塗りつぶすことはできない。

何か仕事がしたい。誰かの役に立ちたい。このところずっとそう思っていた。

料理は割と得意だ。養護施設にいた頃はよく調理の手伝いをしていた。

『怜くんは本当に手際がいいわねえ。助かるわ』

『呑み込みが速いんだな。料理のセンスがあるぞ』

『きょう日は、男の子もお料理ができる方がモテるそうよ』

『イケメンで料理上手。怜くんは鬼に金棒だな』

施設長夫妻に持ち上げられ、半分お世辞だとわかっていても悪い気はしなかった。ひとり暮らしをするようになっても、経済的な理由もあって、賄い飯にありつけない日は自炊をしていた。

　ネイオール王国の主食はパンだ。幸い肉や魚、野菜といった食材も豊富にあり、元の世界と似たような料理を作ることが可能だった。とはいえ冷蔵庫などの保存設備がないこの世界では、肉はハムやベーコンに、魚は塩漬けにと加工されることが多い。確かに怜に提供される食事にもベーコンやソーセージといった保存食品がよく登場した。

　凝ったメニューは無理だが、オーソドックスな料理なら大きな失敗はしないだろう。

　ユーリウスのためになりたい。ユーリウスに喜んでもらいたい。その一心だった。

　突然の提案にウォルフは面喰《めんく》らった様子だったが、すぐに厨房《ちゅうぼう》とかけ合ってくれた。そしてほどなくダメ元の申し出に「ＯＫ」を出してくれたのだった。

　翌日の晩、怜は公務から帰宅したユーリウスとともに夕餉のテーブルに着いた。この晩に提供されるメニューのうちのふた皿を怜が自らの手で調理したことは、厨房係全員に口止めしてある。怜は何食わぬ顔でテーブルに着き、早速赤ワインのグラスを手にしたユーリウスの表情を、内心ドキドキしながら窺《うかが》った。

「お前は飲まないのか」

「おれは未成年だよ？」

「ネイオール王国では十四歳で成年だ」

「でも遠慮しておくよ」

ワインの味に興味はあるが、怜はこれまで一度もアルコールを口にしたことがない。ここで酔っ払ってしまったら、ユーリウスの反応が見られなくなってしまう。そんな怜の内心を知ってか知らでか、ユーリウスが無理に酒を勧めてくることはなかった。

「今日は一日何をしていた」

突然問われ、怜は言葉に詰まった。一日中厨房に籠《こも》っていたとは言えない。

「ヴァロと遊んでた……かな」

「一日中？」

「……まあね」

ユーリウスは「ふうん」とワインをひと口飲むと、ほんの少し口元を緩めた。

「それで、そこを引っ掻かれたってわけか」

ユーリウスが視線で指したのは、怜の手の甲に残った小さな傷だった。引っ掻き傷には違いないが作ったのはヴァロではない。昼間、卵を頂戴《ちょうだい》しようと入ったニワトリ小屋でニワトリにくちばしで突かれてできたものだ。

「まあ、そんなところ」

曖昧に答えながら、無実の罪を被せたヴァロに心の中で「ごめん」と手を合わせた。

他愛のない会話を時折交わしながら、ひと皿、またひと皿と、ユーリウスが淡々と食事を進めていく中、いよいよ怜が一日がかりで作ったひと皿目の料理が運ばれてきた。ポットリアヌと呼ばれるそれは、塩漬けの豚肉と野菜を分厚い鉄鍋《てつなべ》でコトコト煮込んだ料理だ。最後にポーチドエッグを載せることを除けば、元の世界のポトフにそっくりだ。

ユーリウスが皿の真ん中の卵にスプーンを差し入れる。とろりとした黄身が流れ出し、食欲を刺激した。柔らかく煮込まれた豚肉を黄身に絡めてゆっくりと口に運ぶユーリウスが、ほんの一瞬ピクリと片眉を動かしたように見えた。

――き、気づいた……かな？

心臓をバクバクさせた怜だったが、ユーリウスはそれ以上の反応を見せることなく、他の料理と同じように淡々と平らげていった。どうやら味に問題はなかったらしい。

ホッとしたようながっかりしたような気分で食事を終え、デザートのブリーアが運ばれてきた時だった。ユーリウスがふっと意味ありげな笑みを浮かべた。

「ブリーアは、幼い頃一番の好物だった」

怜は思わずパッと顔を上げた。その台詞を待っていたのだ。

トウモロコシの粉末を牛の乳で固めた、プリンのような冷菓・ブリーア。この晩怜が手がけたふた皿目の料理だ。元の世界ではブラマンジェと呼ばれるおなじみのそれが、ユーリウスの好物だと教えてくれたのはもちろん彼の側近中の側近、ウォルフだった。

「殊にオレンジソースをかけたものが一番の好物だ。私はブリーアのオレンジソースがけさえあれば機嫌のよい子供だった」

そう言ってユーリウスは、ブリーアをひと匙《さじ》口に運ぶ。

「……美味いな」

呟きは小さかったが、怜は踊り出したくなるほど嬉しくて、思わず「よかったあ」と胸に手を当ててしまった。

——あ、しまった。

失言に気づいた時にはすでに遅く、ユーリウスは怜に胡乱《うろん》げな視線を向けた。

「ポットリアヌもお前が料理したんだろ」

「気づいてたの？」

目を丸くする怜に、ユーリウスは口元を緩めた。

「ひと匙口に運ぶたびにチラチラ視線をよこされたら、誰だって気づく」

どうやらユーリウスの反応を気にするあまり、挙動不審になっていたらしい。

「一日中ヴァロと遊んでいたのではなかったのか」

小さなうそがばれ、怜は「えへへ」と照れ笑いをする。

「さしづめ私の好物を作って驚かせようと、ウォルフあたりに頼んで調べさせたのだろう。彼の知り合いには私が陛下の宮殿で暮らしていた頃の料理人が何人もいるからな。伝令を飛ばせば、お前の求める答えはすぐに得られる」

「なんだ、全部バレてたんだ」

怜の計画など最初からお見通しだったらしい。淡々となぞ解きをしてみせるユーリウスに、怜は「参りました」と脱帽するしかなかった。

「でも情報源はともかくとして、おれが作ったってどうしてわかったの？」

「レンズ豆だ」

「レンズ豆？」

「この宮殿の料理人が作るポットリアヌには豆は入っていない」

ネイオール王国では、豆類は主に庶民たちのたんぱく源であり、王家の食卓に上ることは珍しいのだという。しかし幼いユーリウスはヒヨコ豆やエンドウ豆、レンズ豆といった豆類が大好きで、当時の料理係たちはポットリアヌに必ず何かしらの豆類を入れてくれたとのだという。

「そうだったんだ」

「久しぶりのレンズ豆、美味かった」

口元を綻《ほころ》ばせるユーリウスの柔らかな表情に、心臓が小さく跳ねる。

——この顔が見たかったんだな、おれ。

「ブリーアも食べてみてよ」

ああ、と頷きユーリウスがブリーアをひと匙口に運ぶ。

「どう？　美味しい？　どう？」

思わず前のめりになる怜に、ユーリウスは小さく頷いた。

「ここの料理長が作るブリーアは、もう少しあっさりしている」

「もしかして甘すぎた？」

実はブリーアについては「幼いユーリウスの好物だった」という情報だけで、詳しい分量を記したレシピは残っておらず、料理長のアドバイスを受けながら試行錯誤を重ね、なんとか作り上げたのだ。もしや口に合わなかったのだろうかと不安になったのだが。

ユーリウスは「いや」と静かに首を振った。

「ブリーアは、王妃だった母上が唯一手ずから作ってくれたデザートだったんだ」

「そうだったんだ」

だから詳しいレシピが存在しなかったのだ。

「今夜のブリーアは、母上の味そのものだった」

ユーリウスは懐かしそうに目元を緩めながらもうひと匙口に入れ「とても美味しいな」と呟いた。

――ユーリウス……。

とても美味しい。

そのひと言だけで、作戦遂行の苦労が消し飛んでしまった。

「ところでなぜ突然、こんなことをしたんだ」

「それは……」

ユーリウスに元気を出してほしかったから。素直な気持ちを伝えればいいものを、つい天邪鬼《あまのじゃく》が顔を覗かせてしまう。

「ひ、暇を持て余していたんだ。なかなか宮殿の外に連れ出してくれないしさ」

厭味を言うつもりはなかったが、市内を案内するのは当分無理だと言われたことを、暗に非難するようなことを口走ってしまった。

しかしユーリウスは気分を害する様子もなく、「それもそうだな」と頷いた。

「だったらこれからも時々、私の好物を作ってくれるか」

思いがけない提案に、怜は「えっ」と目を見開いた。

「い、いいの？」

「暇で仕方がないのだろ？　お前が作りたいというなら――」

言いかけて、ユーリウスは「いや、そうではない」と目を伏せた。そしてふっと静かに笑みを浮かべた。

「私が、お前の手料理を食べたいのだ。作ってくれるか？」

「ユーリウス……」

この気持ちを、どう表現したらいいのか怜は知らない。

胸の奥が熱い。熱くて、甘くて、切なくて、嬉しくて――。

涙が滲《にじ》みそうになる。

「作るよ。これからも。できる限り」

「ああ、そうしてくれ。ただし料理長の邪魔にならないようにな」

「わかってる」

頷きながら、怜は心の奥底にひっそりと小さな何かが芽生えたのを感じていた。

けれどその感情をなんと名づければいいのか、この時はまだわからずにいた。


夕食の後、もう少し話したいと思いユーリウスの私室を訪ねたが、彼の姿はそこになかった。ウォルフに尋ねると裏庭にいると教えてくれた。

――こんな夜に？

本当にいるのかと訝《いぶか》りながら裏庭に向かうと、果たしてユーリウスは設えたロッキングチェアに背中を預けていた。怜の場所からは彼の頭頂部しか見えないが、ぴくりとも動かないところをみると、目を閉じて休んでいるようだった。

――絶好のチャンスだ。

怜はそっとユーリウスに近づいていく。そして自室から持ち出してきたある物を、ユーリウスの頭に載せた。

「なんの真似だ」

ちょっぴり迷惑そうな声で言うと、ユーリウスは静かに目を開けた。さぞ驚くだろうと思ったのにと、怜は内心がっかりする。

「ちぇっ、起きてたんだ」

「お前は見かけによらずいたずら好きのよう――」

ユーリウスは頭に載せられた物体を手に取った。そしてそれが草で編んだ冠だと気づいた瞬間、息を呑んで大きく瞳を見開いた。

「……これは」

驚きを隠そうともしないユーリウスに、怜は確信した。

十三年前のあの日、公園で泣きじゃくっていた怜の頭に載せられた草の冠。あれはやはり、ユーリウスがヴァロに託したものだったのだ。

「やっぱりあの時の白猫はヴァロだったんだね」

「会ったのか、ヴァロに」

「ちらっと見ただけだけどね」

「そうか。けれど覚えていたんだな」

「ずっと忘れていたんだけど、思い出したんだ。ユーリナの丘に行った後で」

「ユーリナの丘?」

「ほら、おれのいた世界線にもユーリナと似た木があるって言っただろ?」

「ああ、確か……サクラ？」

「そう、桜。ヴァロと会った場所にも、大きな桜の木があったんだ」

怜は十三年前の公園での出来事をかいつまんで話した。年上の児童たちに出自をからかわれ、膝を抱えて泣いていたこと、視界の隅で白い大きな猫がうろうろしていたこと、気づいたら頭の上に草で編んだ冠が載っていたこと――。

「そうか……そんなことがあったのか。辛かっただろうな」

ユーリウスはまるで自分が痛い思いをしたかのように、苦渋の表情を浮かべた。その優しさに、怜の胸は甘く疼く。

「まさか何度もそんなことをされていたのか？」

「ううん、その一度だけだよ」

施設長夫妻が毅然《きぜん》と抗議してくれたおかげで本格的ないじめに発展することはなかったと話すと、ユーリウスは「そうか」とその碧い瞳に安堵の色を浮かべた。

「私がブルーアルファとホワイトオメガの関係について知ったのは、九つの時だった」

母の死の真相を知ったショックから、塞ぎこむ日々が続いていたある日、突然ヴァロがユーリウスの服の裾を噛んで引っ張った。最初は相手にしてほしくてジャレているのかと思ったが、それにしてはしつこい。まるで『ついてこい』と言わんばかりに何度も引っ張るので、ユーリウスは仕方なく後を追うことにした。

ヴァロが入っていったのは王室にまつわる古い書物が納められた書庫だった。ヴァロは書棚に登ると、王家の紋章の入った一冊の書物を爪《つめ》の先で突いた。ユーリウスは書物を手に取り、ページを捲《めく》った。そこに記されていた内容は、幼いユーリウスを驚愕《きょうがく》させるのに十分だった。

「『世界線の歪みを見出し、その前に立つ時、白猫は青白い光を放つ』――書物にはそう書かれていた」

「青白い光を放つ白猫……」

怜はハッと息を呑んだ。古い講義棟の屋上でヴァロが青白い光を放つのを見た。見間違いかと思い何度も瞬きをしたが、それでもヴァロは光っていた。

「それってもしかして」

ああ、とユーリウスが頷いた。

「ヴァロのことだ」

ヴァロの力をもってすれば怜を連れ戻せるかもしれない。ユーリウスはそう考えた。

『ヴァロ、青白く光る猫ってお前のことなんだろ?』

一日でも、一分一秒でも早く怜に会いたい。二歳だった怜は五歳に成長しているはずだが、ひと目見れば怜だとわかる自信がユーリウスにはあった。

『頼むよヴァロ、今すぐレイを連れ戻して! ねえ、ヴァロったら!』

「ところが急かすように揺さぶったのが気に入らなかったんだろう、ヴァロは私の腕を思い切り引っ掻いただけでなく、続きのページを齧《かじ》って食べてしまったんだ。もしかすると腹が減っていて機嫌が悪かっただけなのかもしれないが」

「はあ～？」

ヴァロが食いしん坊なのは知っていたが、まさか紙を食べてしまうとは。二の句が継げない怜に、ユーリウスは当時どれほど呆れたかを語って聞かせた。

「よくお腹を壊さなかったね」

「それだけが幸いだった。しかしそれからというもの、怒っても宥《なだ》めすかしてもヴァロには通じなかった。レイを取り戻すにはヴァロの力が不可欠だった。私は根気強く待つことにした」

前途多難に思われたが、およそ一年後、ついにその時がやってきた。

ある日の昼下がり、庭にいたヴァロの身体が青白く光り始めたのだ。

「一緒に暮らしていた頃のお前は、それはそれは愛らしかった。『ユーリ、だいしゅき』と日に何度も抱きついてきた。私の姿が見えなくなると泣いて探し回り、夜も私が添い寝をしてやらないと眠れない子供だった」

ユーリウスは懐かしむような表情で語る。

「殊に草で編んだ冠がお気に入りで、私は毎日のようにそれを作らされた」

ユーリウスは大急ぎで庭に飛び出し、怜が好きだった草の冠を編みヴァロに託したのだという。この草の冠を見て思い出してくれ――。きっとそんな気持ちだったのだろう。

「お前は何ひとつ覚えてはいないだろうがな」

「二歳の時のことなんて、誰だって覚えてないよ」

不服そうなユーリウスに、怜は苦笑するしかなかった。

「やっぱりあれは、ユーリウスが作った冠だったんだね」

「ヴァロは優れた能力を持っているが、残念ながら草で冠を編むことはできないからな」

十歳のユーリウスは一体どんな顔であの冠を編んだのだろう。ユーリウスの真剣な眼差《まなざ》しを想像したら、胸がじんと熱くなった。

「あれがお前の手に届いていたとは思いもしなかった」

戻ってきたヴァロの傍らに怜の姿はなかった。連れ戻すのに失敗したのだと悟ったユーリウスは、ひどく落胆したという。

「あの冠、もしかするとまだ残っているかも」

何気ない怜の呟きに、ユーリウスはハッと目を見開いた。

「本当か？　本当に残っているのか？　どこにあるんだ？」

俄かに身を乗り出したユーリウスに、怜は慌てる。

「ああ、いや、確率はすごく低いと思うけど」

あれは確か小学校の卒業式を終えた夜だった。六年間の思い出の品を整理していた怜は、押し入れの奥から小さな紙袋を見つけた。中に入っていたドライフラワーがあの時の冠の残骸《ざんがい》だと気づいた怜は、施設長夫人に『いらないから捨ててください』と頼んだ。

「いらない？　捨てて？」

ユーリウスが憮然《ぶぜん》とした表情で目を剝《む》いた。

「だってあの時のおれにとっては、突然現れたわけのわからない猫が頭に載せていった、わけのわからない草の冠でしかなかったんだもん」

事情がわかっていたら、少なくとも『捨てて』と頼んだりはしなかっただろう。

「それにその時点ではもう、冠の体を成してなかったし」

しかし夫人はその枯れ草の塊をしばらく眺めた後、こう言ったのだ。

『もしかするとこれ、その猫ちゃんからのエールだったのかもしれないわね』

『……エール？』

『がんばれ、負けるな、泣いちゃダメだぞって、この草冠で怜くんを励ましそうとしてくれたのかも』

確かにあの時白猫は、泣きじゃくる怜の周りをしばらくの間うろうろしていた。そして気づいた時には頭に冠が載っていて、猫の姿は消えていたのだ。

『でも、猫はこんなもの編んだりしないと思うけど』

正論をかざす怜に、夫人は『あはは』と声を立てて笑った。

『確かにそうね。でも通りすがりの猫ちゃんが励ましてくれたって思うのも、夢があっていいじゃない？』

そんなふうに言われると、なんだか捨て難くなってしまう。けれど狭い押し入れに入れられるものは限られているし。うーんと悩む怜の肩を、夫人はポンとひとつ叩いた。

『怜くんが独り立ちするまで、私が持っておいてあげるわね』

夫人はそう言って、紙袋を自室に持っていったのだった。

「けどおれが施設を出てもう一年以上経ったし、捨てられちゃった可能性の方が高いと思うんだよね」

「そうか……」

ユーリウスは少なからずがっかりした様子だった。

「ねえ、あの草の冠、何か特別なものだったの？」

尋ねると、ユーリウスは「えっ」と瞳を揺らし、顔を背けた。

「特別でもなんでもない。庭の草で編んだただの冠だ」

「……そう」

それならなぜ残っている可能性があると知って、身を乗り出したりしたのだろう。釈然としないものを感じながらも、怜は話の接《つ》ぎ穂を探す。

「それにしても冠は届けてくれたのに、ヴァロはどうしておれを連れずに帰っちゃったんだろう」

素朴な疑問を口にすると、ユーリウスが大きく頷いた。

「実は私も不思議でならないんだ」

「確かあの時……」

そろそろ帰らないと施設長たちが心配する。涙を拭《ぬぐ》って立ち上がると、頭の上から草の冠が落ちた。誰がいつの間に載せたのだろうと、あたりをきょろきょろしてみたが近くに人の姿はない。さっきまでうろついていた白猫もいなくなっていた。

冠を手にしてとぼとぼと施設へ向かう帰り道、『あら、懐かしいわね』と声とかけてくれた人がいた。鮮魚店の女将《おかみ》さんだった。

『シロツメクサの冠、子供の頃よく作ったわ。今の子たちもそういうの作ったりするのね。上手にできているわね』

自分で作ったわけではない。ちょっと恥ずかしくなった怜は、小さく頷きながらそそくさとその場を後にしようとしたのだが。

「あっ」

当時の記憶を話しながら、突然ひとつの光景が蘇った。思わず声を上げた怜を、ユーリウスが「どうした」と覗き込む。

「そういえばあの時……」

店の奥から『おーい！』と呼ぶ声がした。鮮魚店の主人の声だった。

『見つかったか』

『いいえ。きっと見つからないわよ。もう遠くへ行ったと思うわ』

『あんな太った猫がそうそう遠くへ逃げられるもんか。くそっ、金目やら真鯛《まだい》やら、高い魚ばっかり選んで盗んでいきやがった』

『野良猫にしてはなかなか目が利くわね』

『冗談言ってる場合か。あのデブ猫め、見つけたらただじゃおかねえからな」

そっか、さっきの白猫、魚屋さんのお魚盗んじゃうくらいお腹が空《す》いてたんだ——。そんなことを思った記憶がある。

「デブ猫って多分……」

「……ヴァロだろうな」

ユーリウスはこれまで一度も見せたことのないほど気の抜けた顔をして、大きなため息をついた。

「まったく、一体あいつはどこまで食い意地が張っているのか」

店先で総菜用の魚を焼いていたらしく、香ばしい匂いが公園まで漂っていたことを覚えている。匂いに誘われたヴァロはフラフラと鮮魚店に辿り着き、美味しそうな魚がずらりと並んでいるのを見つけてしまったのだろう。

「はたと我に返って公園に戻ってきた時には、おれは施設に帰った後だった、と」

「任務より食欲を優先させるとは。情けなくて涙も出ない」

ユーリウスは眉間に指を当ててふるふると頭を振った。

「でも、いかにもヴァロらしいというか」

魚を咥《くわ》えて鮮魚店の店主に追いかけられているヴァロを想像したら、可笑しくなって噴き出してしまった。まるでアニメだ。

「笑いごとじゃない」

そう言った傍から、ユーリウスも小さく噴き出した。

星の瞬く夜空を仰ぎ、ふたりで声を立てて笑った。

ユーリウスがこれほど楽しそうに笑うのを、怜はこの時初めて見た。これほど打ち解けた雰囲気になったのも、もちろん初めてのことで、このところ心の奥で燻《くすぶ》っていた心配や不安が、月明かりに照らされて少しずつ溶けていくような気がした。

ひとしきり笑い合った後、ユーリウスが夜空を見上げた。

「今夜は月が美しいな」

「……そうだね」

夏目《なつめ》漱石《そうせき》が「I love you」を「月が綺麗《きれい》ですね」と訳したという都市伝説を思い出した

が、黙っておくことにした。

「ひとつ訊いてもいい？」

「なんだ」

「さっきのブリーア、もしかしておれも昔、食べたことあったりする？」

厨房で出来上がった料理の味見をしていた時だった。ブリーアをひと匙口にした瞬間、なぜだかとても懐かしい気分になった。養護施設でおやつにブラマンジェが出されたことはないし、学校の給食にも出たことはなかった。とすれば懐かしさの根源は、二歳まで暮らしていた宮殿での食事ということになる。

そう話す怜に、ユーリウスは「ああ」と静かに頷いた。

「私が食べたいとリクエストすると、母上は必ずふたり分用意してくれた」

「やっぱり……」

「お前も私と同じくらい、母上の作るブリーアが好きだった。『ユーリ、ぶりあ、おいちいね』と言って、私の皿にまでスプーンを伸ばして……」

ユーリウスは懐かしそうに目を眇める。

「幼いお前はまだスプーンを上手に扱うことができなくて、しばしばテーブルに零《こぼ》してしまった。そのたびにべそをかくので、私が食べさせてやるのが常だった」

「ユーリウスがおれに？」

それって「あーん」というやつだろうか。想像したら猛烈に恥ずかしくなった。

「大きな口を開けて待っているお前を見て、母上はいつも『まるで鳥の雛《ひな》のようね』と笑っていた」

遠い目をして、ユーリウスが呟く。

「そう……」

戻れるものならあの頃に戻りたい？　尋ねてみたい気もするが、それがどれほど残酷なことかということは考えなくてもわかる。

優しい母親と、未来の番と、手作りのおやつ。甘く穏やかな時間はしかし、ある日突然終わってしまった。自分はこうして戻ってきたけれど、ユーリウスが母親の愛に包まれることはもう二度とないのだ。

デザートが甘ければ甘いほど、その後に飲むコーヒーの苦みが引き立つ。過ごした時間が幸せであればあるほど、悲劇がもたらす傷は深くなる。

ユーリウスは何年もの間、ひとりでその痛みに耐えてきたのだろう。そう思うと、怜は胸に捩《よじ》れるような痛みを覚えるのだった。

「ねえ、ユーリウス」

「なんだ」

「これからユーリって呼ぼうか」

「……えっ」

ユーリウスが驚いたように瞳を見開いた。碧い瞳に映る白い月が殊の外美しい。

「ユーリウスってほら、ちょっと長くて呼びづらいというか」

それはうそではなかったのだが、こんなことを言い出した真意は別のところにあった。自分を『ユーリ』と呼んで慕っていた幼い怜を語る時、ユーリウスはひどく懐かしそうであり、同時に寂しそうでもある。

過ぎ去った幸せな日々は戻ってこない。しかしせめてその頃と今が、ちゃんと繋がっているのだと知ってほしい。大丈夫、おれはここにいる。そう伝えたかった。

「ダメかな」

ちらりと顔を覗き込む。ユーリウスは少し困惑気味に「いや……」と首を振った。

「お前の好きに呼べばいい」

ツレない返事にはもう慣れた。彼の「好きに呼べ」はすなわち「ぜひ呼んでくれ」の意味だ。

「じゃあ今夜からユーリって呼ぶことにする」

ユーリウスは「ふん」とそっぽを向いたが、その口元が柔らかな笑みを湛えていることに、怜はちゃんと気づいていた。

「少し冷えてきたようだが、寒くはないか」

「ううん、平気」

少々寒くても、もう少しユーリウスとこうしていたかった。平気だと言ったのに、ユーリウスは自分の膝にかけてあった薄手のブランケットを手にすると、怜の肩にそっと羽織らせてくれた。

「……ありがとう」

背中を覆う温《ぬく》もりがユーリウスの体温だと思うと、なぜだか胸の奥が甘く疼く。ほんのりと熱くなった頬をユーリウスに気づかれないよう、怜はそっと俯《うつむ》いた。

「ちょうどいい。今夜、ここで話しておこう」

ユーリウスの告白は唐突に始まった。

「昨夜、国王の宮殿から伝令があった。四日前の晩、王妃に男子が誕生したそうだ」

思いもよらない報告に、怜は「えっ」と俯けていた顔を上げた。

「男子……だったんだ」

それはガツンと腹に拳《こぶし》を食らったような衝撃だった。くらりと眩暈《めまい》がした。

「母子ともにお健やかだそうだ。『近いうちに会いに来るように』とのことだ」

いつも以上に淡々とした口調に感じるのは気のせいだろうか。

怜は「そう」と呟き、目の前のユーリウスをちらりと見やる。普段と何も変わらない泰然とした様子が、怜の心をかえってざわつかせた。

「そういうわけだ。お前が元の世界に戻りたいと言うのなら、私は止めない」

止めない。放たれた言葉が胸に突き刺さる。

「でも世界線の歪みは、同じ場所で必ず起きるとは限らないんだろ?」

「ああ。チャンスを逃したくないのなら、ヴァロをよく観察しておくんだな」

『世界線の歪みを見出し、その前に立つ時、白猫は青白い光を放つ』

王家の古い書物に書かれていたという一文。うそでも冗談でもないことは、怜自身が一番よく知っている。

もしふたたびヴァロの身体が光ったら、その時自分はどうするのだろう。

講義。バイト。自炊。合コンの誘い。

当たり前だった生活が、遠い昔のことのように思える。

——帰りたいのか、おれは……。

怜は心の中で首を振った。たった今、幼い頃と同じように親しみを込めて「ユーリ」と呼ぶと決めたばかりなのだ。

ユーリウスの傍にいたい。たとえ世継ぎを産む必要がなくなったとしても、ユーリウスが皇太子でなくなったとしても、それでもずっと、死ぬまで彼の傍にいたい。

「おれはユーリと——」

「私もできる限りヴァロの様子を見ておく。兆候が見られたらすぐにお前を呼ぶ。心しておけ」

一緒にこの国を守りたいんだ。

呑み込んだ台詞が喉の奥に刺さって鈍い痛みを発した。

ヴァロが光って、怜が元の世界に帰ってしまっても、ユーリウスは何も感じないのだろうか。悲しくも寂しくもないのだろうか。

込み上げてくる感情を押し込めるように、怜は唇を噛んだ。

――本当に平気なのかな。

ユーリウスの元気がないのは、五日前に宮殿内で起きた騒ぎのせいだとばかり思っていたが、原因はそれだけではなかったのだ。

『生まれた子が男子なら、その子が次期国王となるだろう』

『私はそれまでの、いわば繋ぎ役だ』

あの日ティールームでユーリウスは、今夜と同じように感情のない声で言った。もしそれが本当なら、ユーリウスは間もなくネイオール王国の皇太子ではなくなる。

皇太子の座を生まれたばかりの弟に明け渡すことに、ひと欠片の喪失感も覚えないのだろうか。やり残した政策に未練はないのだろうか。国王の一方的な命令に異論を唱えるつもりはないのだろうか。

今、ユーリウスを支配しているのは諦念《ていねん》だけなのか。怜の胸はやり切れなさと歯がゆさでいっぱいになるのだった。

寝食を削ってまで国のため、国民のため、公務に勤《いそ》しむユーリウス。近くで見ていればわかる。彼がどれほどの覚悟を持って皇太子という重責に耐えているのかが。

そんなユーリウスの思いは、国王の耳に届いていないのだろうか。多くの国民に支持され、その政策を高く評価されていることを、まさか国王は知らないのだろか。体調を崩している間、自分の代わりとなって国を守ろうとしている息子に対して、一体どんな思いを抱いているのだろう。

「ちなみにこの件についても、しばらくの間他言無用だ。いいな」

「……うん。わかってる」

王妃が懐妊したことも、無事王子が生まれたことも、しばらく内密にしておくということなのだろう。理由はわからないが、寂しい話だと思わずにはいられない。

「ユーリ」

「なんだ」

「国王は、本当に王妃を……ユーリのお母さんを死に追いやったのかな」

ユーリウスがゆっくりと視線を怜に向けた。

「なぜそんなことを訊く」

なぜと訊かれても、怜自身にもよくわからなかった。ただなんとなく話に聞く国王のイメージが、目の前にいるユーリウスのそれとあまりにも乖離《かいり》していて、ふたりが血を分けた父と子だということが信じられないのだ。

ユーリウスの正義感と国を愛する気高い心は、父親である国王譲りなのではないだろうか。そんなことを考えてしまうのには理由があった。

実は先日、ウォルフがこんなことを口にしたのだ。

『心根はお優しいのに、態度に表すのがあまりお上手ではない。何かと誤解を受けやすいのが残念でなりません。ユーリウス殿下も、国王陛下も』

国王陛下も――。

うっかり口走ってしまったのだろう、ウォルフはハッとしたように口を噤んだ。

『国王陛下とユーリウスはよく似ているんですか？』

『ええ。陛下も大変お背が高く――』

『外見のことじゃなくて内面の話です。人となりだとか性格だとか』

『性格……ですか』

ウォルフはしばらくの間答えあぐねていたが、やがて静かに口を開いた。

『そうですね。私の目にはそのように映ります』

ユーリウスの一番近くにいる彼が、国王とユーリウスは似ていると言う。自分の妻を感情に任せて幽閉し、死に至らせるような冷徹な一面を、ユーリウスもまた受け継いでいる可能性があるということなのか。

——信じられない。

王妃は古城に幽閉され、それが元で命を落としたことは事実には違いないのだろうが、そこに至るまでにユーリウスの知らない事情があったのではないだろうか。でなければふたりの間に何かしらの大きな誤解が生じているのではないだろうか。

ただその気持ちをユーリウスの前で口に出すのは憚《はばか》られた。

「陛下のお見舞いに行かないの？」

ユーリウスの双眸が眇められるのが夜目にもはっきりとわかった。

「予定はない。理由は先だって話したはずだ」

「聞いたけど、でも」

「私が陛下を見舞うことは生涯ない。余計な口出しは無用だ」

取りつく島もないとはまさにこのことだ。しかし怜は諦めたくなかった。

「弟の顔は見に行くんだろ？」

「それは……近々な」

ユーリウスは困惑したようにその瞳を揺らす。どうやらまだ見ぬ弟にまで憎しみを抱いているわけではなさそうだ。取りつく島の岸の突端が見えた気がした。

「じゃあその時はおれも一緒に行ってもいい？」

「お前が？」

「ユーリの弟、見てみたいんだ」

ユーリウスは眉間に皺を寄せながらも、「考えておく」と承諾してくれた。

「善は急げってことで、明日とかどう？　顔を見るだけならそんなに時間は――」

「ダメだ！」

思いもよらない強い口調に、怜はびくんと身を竦ませた。ユーリウスは慌てたように
「すまない」と大きな声を出したことを謝罪した。

「とにかく、しばらくの間この宮殿から出ることは許さない」

またそれか、と怜は嘆息する。

「しばらくって、どれくらい？」

「しばらくは……しばらくだ」

「意味わかんないんだけど」

市内を案内してくれるという約束を反故《ほご》にされただけでなく、宮殿から出ることも許さないという。この調子では弟の顔を見に行くのも、いつになるかわからない。

――おれは永遠にこの宮殿から出られないのか。

ユーリウスという人間が少しずつわかりかけてきたところだったのに。元の世界線に戻りたいという気持ちと同じくらい、彼に寄り添いたいと思い始めていたのに。

「ねえ、あの日、なんかあった？」

あの日が何を指すのか、説明するまでもなくわかっているのだろう、ユーリウスは訊き返してこなかった。五日前、ティータイムの途中に血相を変えたウォルフが飛び込んできた。ユーリウスの様子がおかしくなったのはあれからだ。

「お前が知る必要はない」

「そう言うと思った」

「わかっているのなら――」

「訊くな、でしょ？　もういいよ」

怜は肩にかかったブランケットを突き返すと、くるりと踵を返し夜の裏庭を後にした。

「待て、レイ」

「………」

「レイ！」

待てと言いながらユーリウスが追ってくる気配はない。怜は徐々に足を速めた。

大事なことは何も教えない。教えてくれない。しかし命令は絶対だと言う。

横暴で、横柄で、傍若無人で。

――なのにおれは……。

好きになってしまった。

気づかないふりを続けるのはもう無理だった。

――ユーリが好きだ。

『久しぶりだな、レイ』

初めて見る紺碧の双眸に、吸い込まれそうになった。

『レイ……』

蕩《とろ》けるような声で囁かれながら、奥を深く穿《うが》たれた。

腹立たしくて、憎らしくて、すぐにでもその身体を撥《は》ね退《の》けたいと思うのに――できなかった。嫌悪感を抱くどころか、気づけば身も心も激しくユーリウスを求めていた。必死に彼を放すまいとしていた。

もしもすべてがブルーアルファとホワイトオメガという特殊な関係によってもたらされた運命だというのなら、今はむしろその運命に感謝したい。

ユーリウスの傍にいられるのなら、ユーリウスの力になれるのなら、ユーリウスを笑顔にすることができるのなら。

――おれはなんだってするのに。

何も打ち明けてくれないのは信頼されていないからなのだろう。ユーリウスにとって自分は王家の血を絶やさないためだけの存在。もしホワイトオメガでなかったら、出会うことすらなかっただろう。

必要とされている。けれど愛されているわけではない。

初めからわかっていたことなのに、その事実が怜の心を鉛のように重くする。

込み上げてくる涙をこらえながら、怜は唇を嚙みしめた。

『私が、お前の手料理を食べたいのだ』

『少し冷えてきたようだが、寒くはないか』

肩に、背中に、まだ温もりが残っている。

「好きでもないのに優しくするんじゃないよ、バカ野郎……」

虚しい呟きを聞いていたのは、少し陰ってきた月ばかりだった。


部屋に戻り倒れ込むようにベッドに身を投げたが、心のもやもやは深まるばかりだった。

ひとたび「そこにある」ことを認めてしまったら、目を逸らすことなど不可能だ。胸の真ん中にドンと居座る恋心が、甘く熱く怜の心を苛んだ。

「ダメだ……眠れない」

怜はそっと部屋のドアを開けた。

「レイ様、こんな時間にどちらへ？」

ドアの外にいた監視係が驚いた様子で立ちはだかる。

「眠れないので書庫から本を借りてこようと思って」

咄嗟《とっさ》に笑顔で返す怜を、彼は「そうですか。お気をつけて」と見送ってくれた。

夜の宮殿を当てもなく歩き回ったら、胸の甘い疼きが少しは鎮まるだろうか。怜はランタンに照らされた薄暗い廊下を寝間着姿のままとぼとぼと歩いた。

ユーリウスはもう眠っただろうか。顔を見たい気持ちと、今さら何を話せばいいのかという思いがせめぎ合う。『待て』と呼ぶ彼に背を向けてから、まだ数時間しか経っていない。歩きながらさっき口を突いた「本を」という言い訳が案外悪くない気がしてきた。難しい本でも読まなければ、おそらく朝まで眠れない。

憂鬱な気分のまま書庫の前に立つ。

ドアに手をかけた時、隙間から明かりが漏れていることに気づいた。

――こんな時間に……。

まさか自分と同じように、睡眠薬代わりの本を探しに来た人がいるのだろうか。訝りながら、怜はそっとドアを開けた。

深夜の書庫はシンと静まり返っていたが、どこからか潜めるような話し声が聞こえた。

怜は足音を立てないよう細心の注意を払い、奥へと進んでいく。やがてランタンの灯《あか》りが白い壁にふたつの人影を映し出しているのが見えてきた。

「ようやく――ですが――父親は数年前に亡くなっておりまして、母親の方も――」

「そうか。それで――」

背の高いシルエットから想像はついていたが、案の定会話の主はウォルフとユーリウスだった。書棚ひとつ隔てた場所まで来ると、ようやく交わされている会話の内容が聞き取れるようになった。

「先ほど親類の者が遺品を引き取りに来たそうです」

「何か訊かれたか」

「いいえ。死因に疑いを抱いている様子はまったくありませんでした」

——遺品？　死因？

穏やかでない単語に、怜は書棚の陰で身を固くした。

「病死で納得したのだな」

「はい」

「それでよい。ご苦労だった」

「はっ」

背の低い方の影が一礼をした。同時に衣擦れの音がこちらに向かってくる。マズいと思った時には遅く、驚きに目を見開くウォルフと鉢合わせてしまった。

「レイ様……」

その声に、書棚の陰からユーリウスが顔を出した。

「レイ……なぜここに」

「眠れなくて……本でも読もうかと思ったんだ」

ユーリウスは「そうか」と小さく頷くと、「下がってよい」というようにウォルフに目配せをした。ウォルフが出ていくのを待って、怜は問いかけた。

「死因って聞こえたんだけど。誰か亡くなったの？」

「…………」

「なんで何も話してくれないんだよ」

「…………」

予想はしていたが、ユーリウスはきゅっと口元を結んだまま何も答えない。

「五日前、おれたちがティールームで話していた時、ウォルフが血相変えて飛び込んできたよね。あの時やっぱり何かあったんだろ？」

「お前は何も気にしなくて――」

「気にしないわけにいかないだろ！」

苛立《いらだ》ちのあまり深夜だということを忘れて、大きな声を出してしまった。

「おれのことがそんなに信用できないのかよ」

「それは……」

「結局あんたにとっておれは、世継ぎを産むための道具でしかないんだ」

「そうじゃない、レイ。そうじゃないんだ」

「じゃあどうして！」

拳を握り、怜はユーリウスを睨み上げた。ユーリウスの瞳が揺れる。ランタンの光を受けて光る双眸は、こんな時だというのにひと際美しい。

重苦しい沈黙の後、先に口を開いたのはユーリウスだった。

「そうだな。お前には知る権利があるだろう」

ため息に載せて呟くユーリウスは、ひどく辛そうだった。五日前に何があったのか、ようやく話す気になったようだ。

「お前の言う通り、あの日、宮殿内でとんでもない事件が起きた」

その美しい瞳をそっと伏せ、ユーリウスが話し出した。

「お前の部屋の水差しの中に、毒が入れられていたんだ」

「えっ……」

その意味を解すのに数秒を要した。まさか騒動の中心人物が自分だったとは夢にも思っておらず、怜は息を呑んで大きく目を見開いた。

「お前の部屋から清掃係の若い使用人が出てくるのを、たまたま通りかかった配膳《はいぜん》係の女性が見かけた。主のいない部屋に無断で入ることは係を問わず許されていないし、そもそもあの日の清掃は終わっていた」

不審に思った彼女が清掃の責任者に連絡をし、やがてウォルフの耳に入ることになった。

水差しの底にほんのわずかな沈殿物を見つけ、急いで調べてさせたところ毒物だとわかったのだという。

「その若い使用人ってもしかして……」

予感が外れてくれればいいのに。

淡い願いを抱く同じ胸には、すでに重く暗い疑念が広がっていた。

「お前の部屋の担当だった男だ。新人の」

「………」

やっぱり。怜は声もなく項垂れる。

小柄な青年の、どこかはにかんだような笑顔を思い出した。気づまりなことの多い宮殿での暮らしの中で、彼と日々交わす他愛もない会話は間違いなく心の癒しになっていた。

騒動の直後から姿を消したことがずっと気になっていた。訝る気持ちがなかったわけではないが極力考えないようにしていた。「暇を取って実家に帰った」というウォルフの説明を、無理にでも信じようとしていた。

「ウォルフたちに追い詰められて、もう逃げられないと思ったんだろう。その場で隠し持っていた毒を飲んで自害した」

数年前に父親を病気で亡くした青年は、病弱な母親と幼い弟や妹たちを養うために市内の飲食店で働き始めた。そこである男から『短期間で大金が稼げる仕事』を紹介すると言われた。それが『皇太子の番の暗殺』だと知り一度は断ろうとしたが、飲食店の仕事では家族を養うことすら難しく、どんなに働いても母親の薬代には届かない。

結局青年は悪魔の囁きに頷いてしまった。自害用の毒は『万が一の時に飲め』と依頼人から渡されていたらしいと、ユーリウスは重苦しい表情でため息をついた。

病身の母親は息子の死を受け止めることで精一杯。弟や妹は幼すぎて現状を理解することすら難しい。思案した末、ユーリウスは彼が宮殿内で病死したと、家族にうその報告をする決断をしたのだという。

「お前の命を奪おうとした男だ。本来ならこの手で地獄に叩き落としてやりたいところなのだが、あいにくあれはただの駒《こま》だ。金のために命を落とした、ただの哀れな若者だ」

「黒幕は他にいるってこと？」

ユーリウスは唇を真一文字に結び、深く頷いた。

二歳で他の世界線にスリップした怜が戻ってきたことは、限られた人間しか知らないはずだ。ユーリウスは国王にすら正式に報告をしていない。この一件が誰の差し金なのか、おそらくすでに見当がついているのだろう。

ユーリウスはこれまで幾度となく命を狙われてきたという。今度の事件の黒幕も、もしかすると同じ人物なのではないだろうか。

「もしかして、王妃に男の子が誕生したことを内密にしているのも……」

その子の命が危ないから？　視線で尋ねる怜に、ユーリウスは微かに頷いた。

極度の不安と緊張に襲われ、胃の奥がずんと重くなった。

「案ずるな」

長い腕が伸びてきて、ぎゅっと強く抱きしめられた。

「どんなことがあっても、私がお前を守る」

「ユーリ……」

「必ず守ってみせる。約束する」

力強い言葉が嬉しくて、怜はそっと目を閉じた。

抱きしめられるのはあの夜以来だ。薬を使われた同意のない行為だったのに、嫌な感情は微塵《みじん》も残っていない。それどころかこんな時だというのに、最奥を貫いたユーリウスの逞しい熱が蘇ってきて、身体の芯が疼いてしまう。

――ダメだ。

これ以上身体を密着させていたら、妙なことを口走ってしまいそうだ。

怜は込み上げてくる欲望に蓋をするように、ユーリウスの胸を押し返した。

「ありがとう。でも大丈夫。おれ、そんなにヤワじゃないから」

強がりだと、ユーリウスにはきっとバレている。それでも怜は懸命に笑顔を作った。ただでさえ忙しいユーリウスに余計な心配をかけたくない。

「こう見えてもおれ、運動神経はいい方なんだ」

「運動神経がいいに越したことはないが、それだけで身を守ることはできない」

「それはまあ、そうだけど」

あまりの正論に、怜は軽く唇を嚙んだ。確かにどれほど運動神経がよくても、水に毒が入っているかどうかを判断することはできない。

「とにかくこれくらいのことでめげたりしないってこと。だから心配しないで」

「それは頼もしいが、注意だけは怠らないでくれ。今いる使用人は信頼のおける者たちばかりだが、いつ何時どんな方法でまた刺客が送り込まれるかわからないからな。普段見かけない人間が近づいてきたら、すぐに逃げるんだ」

「わかってる。気をつけるよ」

笑顔で頷いてみせたけれど、ユーリウスが厳しい表情を崩すことはなかった。

部屋に戻りベッドに入った。眠りに導いてくれる本を探しに行ったのに、結局睡魔はさっき以上に遠ざかってしまった。

――誰なんだろう、黒幕は。

怜の存在を知っていて、その命を亡きものにすることでなんらかの利益を享受することができる人物。普通に考えれば、王家に深い関《かか》わりのある人間の可能性が高い。しかし怜が知っている王家縁《ゆかり》の人間は、ユーリウスの他にはオルトしかいない。

──まさかオルトが……。

いや、それはないと怜は首を振った。二度しか会ったことがないが、彼の表情はいつも朗らかで悪意のようなものは感じられなかった。ユーリウスには黒幕の見当がついているようだし、もしそれがオルトならば彼を宮殿内に入れることはないだろう。

──でもヴァロは、オルトのこと苦手にしていたよな……。

ヴァロはただのデブ猫ではない。もしかするとその特殊な能力でもって、オルトの裏の顔を察知しているのではないか。

──明日ヴァロに訊いてみようかな。

ふあっと欠伸が出た。

窓の外がうっすらと白み始める頃、怜はようやく浅い眠りに落ちていった。


数時間後、怜は重い目蓋を擦りながらベッドを下りた。身支度を済ませると、朝食を断り部屋を出た。

「……ったく、ヴァロのやつ、肝心な時に姿を見せないんだから」

人間の言葉をしゃべるわけではないし、完璧《かんぺき》な意思の疎通ができるわけではない。しかし怜にはヴァロの感情の変化がなんとはなしにわかるのだ。

大学のキャンパスで出会った時、ヴァロからは確かに『ついてこい』というオーラを感じた。それは言葉や何かしらの信号ではなく、言ってみればテレパシーのようなものかもしれない。理由はさっぱりわからない。ただ思い過ごしなどではない気がする。

テレパシーなんてSF小説か漫画の中にしか存在しない。以前の怜ならその可能性すら否定しただろう。けれど別の世界線に移動するという経験をしてしまった今、テレパシーを使う猫くらいではまったく驚かなくなってしまった。

確かめたわけではないが、これまでのところユーリウスが愛猫の感情を読み取っている様子はない。ヴァロのテレパシーをキャッチできるのは、どうやら自分だけらしい。

とにかく今はヴァロを探し出し、オルトが本当に信頼に値する人物なのか、そのヒントだけでも得たい。

「おーい、ヴァロ、どこにいるんだ」

廊下の隅や階段の下などを覗いて歩く。

「出てきてくれたら美味しい餌をやるぞ……ていうか、いくらなんでも広すぎだろ」

今さらながら宮殿の広大さに文句を言いつつヴァロ探し回ったが、その姿を見つけることはできなかった。

「もしかして庭かな」

裏庭で本を読んでいる時、しばしばヴァロが現れたことを思い出した。怜は裏庭に向かうことにしたのだが。

「レイ！」

建物の外に出たところで声をかけられた。振り返った先にいた人物に怜はぎょっとする。

「オルト……さん」

自分の命を狙った張本人かもしれない男と、バッタリ出会ったのは偶然なのだろうか。内心警戒する怜に、オルトは息を切らして駆け寄ってくる。

その表情がひどく硬い。嫌な予感がした。

「よかった。きみを探していたところだ」

「おれを？」

「ああ。大変なんだ。ヴァロが大怪我をした」

「えっ」

「門の近くで馬車に轢《ひ》かれて、瀕死《ひんし》の状態なんだ」

瀕死。その言葉の意味を脳が拒絶する。

「うそ……だ」

「信じないなら結構だ。でも早くヴァロの傍に行ってやりたいのなら、僕についておいで」

言うなりオルトはコートを翻し、正門の方へ向かって走り出した。

「ヴァロ……」

ふてぶてしくて食い意地が張っていて、肝心なときにしくじったり――。出会ってからこれまでの思い出が脳裏にあれこれと蘇る。

憎たらしいのに憎めない。

いつからだろう、怜にとっていつもヴァロが傍にいることが当たり前になっていた。

――ヴァロが死ぬなんて……そんなの絶対に嫌だ。

怜はぶるぶると頭を振った。

「絶対に死なせないからっ」

怜はオルトの背中を追った。涙をこらえて全力で走る。

泣いている場合ではない。ヴァロはまだ死んだわけではないのだから。

――待っていろよ、ヴァロ。

門が近づいてきた。馬車が止まっているのが見える。あの馬車に轢かれたのだろうか。

恐ろしい想像に全身の血が凍りつきそうになる。

ほどなくオルトが足を止めてこちらを振り返った。

「ヴァロは？　ヴァロはどこですか？」

周囲をきょろきょろと見回す怜に、オルトがゆっくりと近づいてくる。

「この中だよ。さあ、入って」

オルトに誘われ、怜は馬車の中へと入った。しかしそこにヴァロの姿はない。

「きみは素直ないい子だね、レイ」

「……え」

「ユーリウスは堅物で警戒心の強い男だから、ある意味お似合いなのかもしれない」

一体なんの話が始まったのだろう。怜は眉間に皺を寄せた。

今、ヴァロの無事以上に大切なものなどないのに。

「あの、ヴァロは……」

訝る怜に、オルトはゆっくりと首を振った。

「素直なのはいいことだけれど、素直すぎるのは問題だね」

「えっ……」

脳内の警戒アラートが鳴るのと、オルトの腕が伸びてくるのと、どちらが先だったろう。

白い布を口元に当てられた途端、ぐらりと激しい眩暈を覚えた。

薬を嗅がされたのだと気づいた時には、全身の力が抜けていた。

「悪く思わないでくれよ、レイ」

遠のいていく意識の中で、オルトの含み笑いを聞いた。

――ユーリウス……ヴァロ……。

『普段見かけない人間が近づいてきたら、すぐに逃げるんだ』

昨日のユーリウスの台詞を思い出しながら、怜は馬車のシートに倒れ込んだ。

「……っ……」

ひどい頭痛で目が覚めた。ゆっくりと目を開けたが、なかなか焦点が合わない。

――ここは……。

急速に記憶が蘇《よみがえ》ってくる。

――そうだ、ヴァロ……。

身体《からだ》を捩《よじ》ろうとして、後ろ手に拘束されていることに気づいた。足首も同じように紐《ひも》状のもので縛られていて、起き上がることができない。

――くそっ……。

仕方なく周囲に視線を巡らす。窓のない狭い部屋の床に転がされていることがわかった。小さなドアがひとつあり、隙間《すきま》から漏れる明かりで辛うじて自分の状態を確認することができた。頭痛がするだけで、幸い大きな怪我《けが》はしていないようだ。

ドアの向こうから人の声が聞こえる。

「……でした」

「……なんだろうな」

「もちろんです。父上の……」

ひとりはオルトだ。会話の相手は彼の父親らしい。名前は確か、サインドルス。

怜は自由の利かない身体でどうにかドアの近くまで這《は》い進むと、漏れ聞こえてくる会話に耳を欹《そばだ》てた。

「あのデブ猫を取り逃がしたのは失態だったな」

「抱きかかえた途端、ひどく暴れたのです。何せ並の重さではありませんから」

「愚鈍そうに見えて案外勘がいいのかもしれんな。まあいい。レイさえ手に入ればこちらのものだ」

――ヴァロ、無事だったんだ。

安堵《あんど》のあまり目頭が熱くなる。

「しかしあの若造には失望した。美味《うま》いものを食わせてやって、母親の薬代も用立ててやったというのに。自害用の毒を持たせておいて正解だった」

「部屋から出てきたところを他の使用人に見つかったようです。水入れの毒に気づいたのはユーリウスの側近です」

「ウォルフか。いちいち目障りな」

我知らず、ゴクリと喉《のど》が鳴った。

怜の命を狙《ねら》ったのは、オルトとその父・サインドルスだったのだ。

「それにしても部屋から出てきたというだけで、なぜそれほど不審に思われたのだろう」

「ユーリウスは、主《あるじ》のいない部屋に無断で入ることを禁じているのです」

サインドルスが舌打ちをする。

「ユーリウスめ。どこまでも忌々しい男だ。しかしまあよかろう。ブルーアルファのユーリウスはホワイトオメガのレイなしに子孫を残すことはできぬ。今頃血相を変えてレイを探しておるだろう」

サインドルスが低く笑った。

「ユーリウスのことだ。じきにこの場所を突き止めるに違いない。オルト、例のものは?」

「用意できております」

ガチャリという金属音がする。

「慌てて飛び込んできたところをズドン。さすがのユーリウスもひとたまりもないだろう」

——銃を持っているのか。

背中にひやりと冷たいものが走った。ユーリウスの側近たちが揃《そろ》って携えているのは長い槍《やり》のようなもので、銃を見たことは一度もない。この世界線では、銃はまだ一般には浸透していない貴重なものなのかもしれない。

「あの男の並外れた警戒心と勘のおかげで、ことごとく計画を見抜かれて失敗に終わったが、今度ばかりは冷静ではいられまい。他でもないレイを人質に取られたとなれば泡を食って飛んでくるだろう。アルベルトスはもう長くはない。第一線を退いたも同然だ。次期国王のユーリウスさえ葬り去ってしまえば、ネイオール王国はこの私のもの。私の天下だ。わはははは」

響き渡るサインドルスの高笑いを聞きながら、怜は不可解なものを感じた。

話の様子では、サインドルスは王妃が男児を出産したことを知らないようだ。ごく限られた人間しか知らないとユーリウスは言っていたが、その中にサインドルスは入っていないらしい。ユーリウスの命を狙うような人物なのだから当然のことだ。

しかし息子のオルトは、王妃の懐妊を知っていたはずだ。なぜならネイオランド市内でばったり遭遇した際、彼はユーリウスにこう言ったのだ。

『王妃のご体調のよい時を見計らって――』

あの時は、国王を王妃と言い間違えたのかと思ったが、そうではなかったのだ。オルトは王妃の出産が近いことを知っていた。だから身重の彼女の体調を気遣ったのだ。

ではなぜその事実を父親のサインドルスに話さないのだろう。父子ふたりで皇太子暗殺計画を進めているのなら、現王妃の懐妊・出産は、暗殺のターゲットの変更を迫られる極めて重要な情報のはずなのに。

「レイが戻ってきたと聞いた時には、ひどい誤算が生じたものだとはらわたが煮えくり返る思いがした。ユーリウスが子孫を残せば、私が国王の座を得る可能性は限りなく遠のいてしまうからな。しかしそれも今となっては好都合でしかない。ホワイトオメガのレイは、弱みなど何ひとつない孤高の皇太子の、唯一のアキレス腱《けん》なのだからな。逆手に取って利用しない手はない」

昼間から酒でも飲んでいるのか、サインドルスは饒舌《じょうぜつ》だ。

一方のオルトは、ほとんど声を発しない。

「ところでオルト」

「……はい」

「レイは懐妊しておるのか？」

「……それは、わかりかねます」

サインドルスがチッと舌打ちする音がした。

「ユーリウスはお前にだけは気を許しているのだ。それくらい訊《き》き出せなくてどうする」

「申し訳ありません」

「まあよい。懐妊していようといまいと、どの道レイの命は今日限りだ。ユーリウスもろとも――」

「ちょっと待ってください、父上」

突然オルトがサインドルスのひとり語りを遮った。

「レイはユーリウスと引き離し、国外に連れ出す計画ではなかったのですか」

「そのような手間をかけている暇はない。ふたりまとめてズドンだ」

「そんなっ！」

オルトの声に、明らかな焦燥が滲《にじ》んでいた。

「レイの命を奪うなどという話、僕は聞いていません！」

「相談したところで、お前は反対するだけだろう」

「当たり前です」

「だからお前はいつも詰めが甘いのだ！」

ドン、という音が響いた。サインドルスが机か壁を叩《たた》いたのだろう。

「これまでユーリウスに幾度辛酸を舐《な》めさせられてきたと思っている。それもこれも、いつもお前がやつに計画を見破られ、いいように裏をかかれ続けてきたからではないか。そもそも水差しに毒を盛る計画が上手くいっていれば、レイはあの日に死んでいたのだ。今度こそユーリウスもろとも息の根を止めてくれるわ。私のこの手でな！」

サインドルスは興奮した口調で「レイをこれへ！」と叫んだ。「はっ！」と複数の返事がして、バタバタと騒がしい足音が聞こえてきた。続いてドアが開いたと思ったら、ふたりの屈強そうな男が入ってきて、怜の左右の腕を取った。

「立て！」

無理やり腕を引っ張り上げられる。紐状のもので縛られた手首が引きつるように痛み、怜は苦痛に顔を歪《ゆが》めた。側近らしきふたりは、足首も拘束されていて自力では歩けない怜を、サインドルスの前までずるずると引き摺《ず》っていった。

「ややや、レイ様。お初にお目にかかります」

慇懃無礼《いんぎんぶれい》に一礼するサインドルスの口元には、世にも醜い嗤《わら》いが浮かんでいた。

「こんなことをしてただで済むと思うなよ」

睨《にら》みつける怜に、サインドルスは不敵な声で言った。

「恨むならお前をこの国に連れ戻したユーリウスを恨むんだな」

「お前なんか、何をしたってユーリに敵《かな》うものか！」

「ほう、ずいぶんとやつの肩を持つんだな。さてはもう『番の儀式』を済ませたのかな？」

サインドルスの下卑た笑いに吐き気がした。

「ここにはもう、ふたりの赤子が宿っているのかな？」

サインドルスの手のひらが、怜の下腹に近づいてくる。

「やめろ！　触ったら殺す」

「おやおや、ずいぶんと威勢のいい妃様だ。見た目は殊の外、愛らしいというのに」

サインドルスがクスクスといやらしく笑う。つられたように五、六人いる室内の側近たちも下品な笑い声を上げた。

「ユーリウスがやってくる前に一度味見をしてもよいな。勝気なオメガは嫌いではない」

サインドルスの顔が近づいてくる。やはり微《かす》かにアルコールの匂《にお》いがした。

一世一代の計画の最中に、酒を飲むとは敵ながら豪胆な男だ。浮かんだ思いを、怜は即座に否定する。

──きっと逆だ。

酒の力を借りなければならないほど小心者なのだ。

何もかもがユーリウスとは正反対だ。サインドルスという男の度量が知れた気がした。

「愛らしい顔に美しい肌……これがホワイトオメガか」

サインドルスの息が頬《ほお》にかかる。

──こんな男に殺されてたまるかっ。

吐き気を抑えながら身を捩った時だ。

バンと大きな音を立てて廊下に続くドアが開いた。

「そこまでです、殿下」

凛《りん》と澄んだ声の主はユーリウスだった。ウォルフたち数名の側近も一緒だ。

聳《そび》え立つような雄々しい立ち姿に、そこにいるすべての者が一瞬動きを止めた。

まるで碧《あお》い双眸《そうぼう》に射抜かれてしまったように。

「ようやく現れたな、ユーリウス」

「あなたに気づかれないように見張りをすべて排除するのに、少々手間取りました」

ユーリウスの足元に男が数人転がっているのが見えた。サインドルスが目を剝《む》く。

「ご心配なく。気絶しているだけです」

いつの間にかサインドルスの背後に回っていたオルトが、無言のまま銃を手渡すのが見えた。サインドルスが後ろ手に受け取ったのは銃身の長い、ライフルのような形をした銃だった。

「ユーリ！　銃だ！」

怜が叫ぶのと、サインドルスが銃を構えるのと、どちらが先だったろう。

「逃げて！」

絶叫も虚《むな》しく、サインドルスは引鉄を引いた。怜は思わず目を瞑《つぶ》る。

——ユーリ……。

一秒、二秒、と過ぎる時間が異様に長く感じた。しかしいつまで経っても発射音は聞こえてこない。怜はおそるおそる目を開いた。

「どうしたことだ、弾が……弾が出ないではないか」

サインドルスは何度も引鉄を引くが、カチャカチャと虚しい音が響くだけで、一向に弾は飛び出さない。

「おのれっ」

銃を投げ捨てたサインドルスは腰の剣を抜くと、「うおおお」と雄叫《おたけ》びを上げながらユーリウスに切りかかった。ユーリウスも素早く剣を抜き、サインドルスの剣を頭上で受け止める。カチンという鈍い金属音を皮切りに、部屋にいた双方の側近たちもそれぞれの主人を守るべく剣を手にした。

「見苦しいですよ、サインドルス殿下」

「黙れ！　おのれユーリウス！」

あちこちで剣と剣がぶつかる音が響く。ウォルフたちは怜を助けようとするが、相手の側近に阻まれてなかなか近づけない。両手足を拘束され身動きの取れない怜は、ただただ状況を見守るしかなかった。

とその時、ドアの外で気絶していた見張りの男が目を覚まし、むっくりと身体を起こした。その手に握られていたのは剣でも銃でもなく、弓と矢だった。

よろけながら、見張りが弓を引く。その矢の先は、真っ直《す》ぐに怜を捉《とら》えていた。

「あっ……」

——殺《や》られる。

恐怖が身体を支配する前に、見張りが矢を放つ。

咄嗟《とっさ》に目を閉じた怜の身体を、強い衝撃が襲う。

「……っ……」

一瞬、矢で射抜かれた勢いで壁まで飛ばされたのだと思った。しかし感じるのは壁に身体を強《したた》かに打ちつけた痛みだけで、矢に射られた痛みはなかった。

「大丈夫か」

その声に目を開ける。濃紺のコートが目に入った。

「ユーリ……」

ユーリウスの身体が怜を守るように覆いかぶさっていた。傍らの壁には羽のついた矢が突き刺さっている。目を閉じた一瞬の間に飛んでくる矢から怜を守ってくれたのだ。

矢が掠《かす》めたらしく、ユーリウスの頬にはひと筋血が滲んでいた。

「おれは平気。ユーリ、血が……」

「大丈夫。かすり傷だ」

ユーリウスが答えるのと同時に「うおおお」という唸《うな》り声が聞こえた。大上段に剣を構えて近づいてくるサインドルスだった。

ユーリウスが振り返る。サインドルスとの距離はすでに二メートルほどしかなく、剣を避《よ》けることは不可能に思えた。

今度こそ万事休すか。諦《あきら》めが過《よぎ》った瞬間、ズンッと鈍く重い音がした。

「……っ……」

サインドルスが目を見開いたまま動きを止めた。そして背後の人物を肩越しに振り返ると、ひゅうっと大きく息を呑《の》んだ。

「オルト、なぜ、お前が……」

みなまで言う前に大きな身体がゆっくりと傾《かし》いでいき、やがてその場にドサリと崩れ落ちた。

「申し訳ありません、父上」

オルトの手から、血に塗《まみ》れた赤い短剣がポトリと床に落ちた。

「オルト……」

ユーリウスが立ち上がり、短剣を拾い上げる。驚きに動きを止めたサインドルスの側近たちは、あっという間にユーリウスの側近たちによって捕らえられた。

「ごめんね、ユーリウス。もっと早くこうするべきだったんだ」

父親の身体から流れ出る血を見つめながら、オルトが悲しげに呟《つぶや》いた。

「運べ。まだ間に合うかもしれない」

ユーリウスが側近たちに命じる。しかしオルトは「いいんだ」と静かに首を振った。

「頼むよ、ユーリウス。このまま死なせてやってくれ」

「ダメだ。まだ息がある。急いで運ぶんだ！」

「はっ！」

近くにいたふたりの側近が、血に濡《ぬ》れたサインドルスをドアの外に引き摺り出していく。「大至急医者の手配を！」という鋭い声が廊下に響いた。やがて彼の側近や見張り役も、すべてユーリウスの側近たちに引っ立てられて出ていき、部屋にはユーリウスと怜、そしてオルトの三人だけが残された。

「生き恥を晒《さら》すくらいなら、死なせてやってほしいな。あれでも一応、血を分けた父親なんでね」

「罪を償う以外に道はない」

「……そう言うだろうと思った」

オルトが力なく首を振った。

「怪我はないか」

ユーリウスが膝立《ひざだ》ちになり、両手足の拘束を解いてくれた。

「うん。大丈夫」

のろりと立ち上がるや否や、長い腕が伸びてきて力いっぱい抱きしめられた。

「無事でよかった……本当に……よかった」

吐息に載せてユーリウスが囁《ささや》く。そしてまるで愛《いと》おしい者にするように怜の頭頂部に、何度も何度も頬をすり寄せた。

――ユーリ……。

まるで心から愛されているみたいだ。自分は世継ぎを産むためだけの存在だとわかっていても、胸の奥が甘く疼《うず》いてしまう。

無事でよかった。大好きだよ、ユーリ。愛してる。

そんな台詞《せりふ》が口を突きそうになって、切なさに涙が溢《あふ》れそうになる。身体の芯《しん》が熱く火照《ほて》るのは、極度の緊張から解き放たれた安堵からだろうか。

――キスしたい……ユーリと。

むくむくと湧《わ》いてきた欲望に戸惑っていると、背後で短いため息が聞こえた。

「続きは僕がいなくなってからにしてくれないか」

呆《あき》れたようなオルトの声に我に返ったのか、ユーリウスが腕の力を抜いた。

――そうだ。オルトが見ているっていうのに、おれ……。

怜は彼の腕から逃れ、頬を赤らめて俯《うつむ》いた。

「手引きをしたのはお前だそうだな、オルト」

「ああ。ヴァロが死にそうだと言えば容易に拉致《らち》できると思ってね。きみのフィアンセは思った以上に素直だね。ちょっと心配になるくらいだ」

「一体なぜ……」

「なぜ今回に限って父の計画に乗ったか、ってこと？」

思いがけない台詞に、怜は思わず「えっ」と目を見開いた。答えをくれたのはオルトだった。

「父上はね、兄であるアルベルトス国王に、幼い頃から尋常ではない嫉妬心《しっとしん》を抱いていたんだよ。何をしても勝てない。敵わない。その人徳と器の大きさで皇太子時代から国民に愛され、支持されてきたアルベルトス。それに比べて自分は――。そんな卑屈で歪んだ感情は年を取るごとに強くなり、制御ができなくなってしまったんだ」

静かに、そして淡々と語られるオルトの告白を、怜は固唾《かたず》を呑んで聞き入っていた。

「ある時期からは心を病んでいたのかもしれない。けれど医師に診《み》てもらおうという僕の意見を、頑として聞き入れなかった。それどころか次々にユーリウスの暗殺計画を持ちかけてきて……」

オルトは悲しげに天井を見上げた。ユーリウスが口を開く。

「これまで幾度となく命を狙われてもすべて未遂に終わらせることができたのは、オルトから事前に情報をもらっていたからなんだ」

怜の水差しに毒を入れる計画も、ユーリウスはオルトから聞かされていたのだという。警戒をしていたからこそ小さな異変に気づくことができたのだ。

「レイが無事だったのはお前が直前に情報をくれたおかげだ」

「もう少し早く気づけば毒を入れられる前に阻止できたんだけど、この頃の父上は私をあまり信用していない様子だった。いつもきみにしてやられる頼りない息子より、側近たちを頼っていたようだから」

オルトはそう言って自嘲《じちょう》の笑みを浮かべた。

「父上は、ユーリウスの勘は神がかっているって、本気で信じていたみたい」

「私は神ではない。神通力など持ち合わせていない」

オルトが「知ってるよ」と微かに口元を緩める。

「でもまさか実の息子に裏切られていたとは夢にも思っていなかっただろうね。後ろから刺されるまで」

「銃の弾を抜いておいたのも」

「ああ、僕だ。きみの死に立ち会うくらいなら、自分が死んだ方がマシだからね」

オルトがついた深いため息に、ユーリウスの瞳《ひとみ》が揺れた。

「だったらなぜ今回に限って父上の計画を知らせなかったんだ——とか、野暮なことは訊かないでくれよ?」

「…………」

「きみは本当に残酷な男だよ、ユーリウス」

「…………」

「ずっと前から気づいていたんだろ?　僕の……気持ちに」

——オルトの気持ち?

彼が何を言わんとしているのか、怜はすぐに理解することができなかった。きょとんと瞬《まばた》きを繰り返していると、オルトがこちらを振り向いて優しく微笑《ほほえ》んだ。

「ごめんね、レイ。怖い思いをさせてしまって。ヴァロをダシにしてきみを拉致する、そしてそのまま国外へ、二度とユーリウスと会うことが叶《かな》わない遠い遠い場所へ連れていく――そういう計画のはずだったんだ。まさか父上がきみの命まで奪おうと考えているとは」

僕が甘かったんだと、オルトは項垂《うなだ》れた。

「ユーリウスとは同い年で幼馴染《おさななじみ》だった。ふたりとも兄弟がいなかったから、仲良くなったのも必然だった。ある時突然ホワイトオメガだという赤ん坊がやってきて、ユーリウスはその子を大層可愛《かわい》がっていた。僕はそんなユーリウスを見ているだけで幸せな気持ちになったものさ。しかしその子は二歳九ヶ月の時、突然姿を消してしまった。別の世界線にスリップしてしまったんだって、もう二度と帰ってこないんだって……そう言ってユーリウスはずっと落ち込んで泣いていた」

堰《せき》を切ったようにオルトが打ち明ける。

「僕は一緒に悲しみながら、けどいつからだろう、こんなふうに彼の心の傷に寄り添って励ましてやれるのは僕しかいないんだという、不思議な……甘い優越感に支配されるようになっていったんだ」

オルトはふうっとひと呼吸入れた。

そしてゆっくりと顔を上げ、怜の顔を真っ直ぐに見つめた。

「同い年の従兄弟《いとこ》だから、幼馴染だから、僕は父上を裏切り続けてきたわけじゃない」

そう言われて、怜はようやく思い至った。

オルトがユーリウスに抱いていた感情がなんだったのかに。

なぜ実の父親を裏切ってまで、ユーリウスの命を守ろうとしたのか。それはユーリウスが彼にとって特別な存在だったからに他ならない。

愛する人の命を、実の父親が奪おうとする。何度も、何度も。そのたびに彼は一体どんな逡巡《しゅんじゅん》と苦悩に見舞われたことだろう。その心中は察するに余りある。

「フィアンセがいなくなったのだから、もしかしたら僕にだってチャンスがあるかもしれない。いつかユーリウスが振り向いてくれるかもしれない。ずっとそう思って生きてきたんだけど……まさかきみが戻ってくるとは夢にも思わなかったよ。あの愛らしかったレイが恋敵になろうとはね」

最悪だよ。そう言ってオルトは天井を仰いだ。その瞳からは涙がひと筋伝っていた。

「オルトさん……」

「ホワイトオメガのきみ相手じゃ僕に勝ち目がないことは、もちろん初めからわかっていた。けど頭が理解することと諦めをつけることはまったく別のことなんだ。きみにはわからないかもしれないけど」

――わかるよ、オルトさん。

届かない思いを持て余す苦しみを、怜は今まさに味わっている。

こんな時だというのに、ユーリウスの美しい瞳を見るだけで身体の芯が熱く火照る。その低く男らしい声を聞くだけで、イケナイ欲望が湧き上がりそうになる。

「魔が差したんだ。レイをどこか遠くへやってしまおう。ユーリウスの手の届かない遠い国へ連れ出してしまおう――。今回の父上の計画は、僕にとっては悪魔の囁きだった。どの道一度は別の世界線にスリップしたんだ。一度も二度も同じだ。僕はそう自分に言い聞かせた。命を奪うわけじゃない。ただきみをユーリウスから遠ざけるだけ……それだけなんだって……」

うっ、と嗚咽《おえつ》を漏らし、オルトが部屋を飛び出した。

「許してくれ、ユーリウス！」

「待て、オルト！」

その背中をすかさずユーリウスが追う。怜もユーリウスの後に続いた。

オルトは「来るな！」と叫ぶと、廊下の真ん中で胸元から取り出した何かを口元に持っていった。

――毒だ。

怜が息を呑むより早く、ユーリウスがオルトの腕を捻《ひね》り上げた。

「バカな真似《まね》はよせ！」

「放せっ……死なせて、くれっ……」

苦悶《くもん》するオルトの手から、紫色の小瓶がポトリと落ちて転がった。

「自害は許さない。私が親族で唯一心を許すことのできた男は、従兄弟でもあり親友でもあった。罪を償わず死に逃げるような卑怯《ひきょう》な男ではない。失望させないでくれ」

諭すようなユーリウスの言葉に、オルトは膝から崩れ落ち嗚咽した。

オルトの震える背中を、ユーリウスはずっとさすり続けていた。


いくらか落ち着きを取り戻したオルトを側近に任せると、怜はユーリウスとふたりで馬車に乗り込んだ。普通に学生生活を送っていたらまず経験することはないだろう、特殊で刺激的すぎる一日だった。

「疲れただろう」

「あ……うん、さすがにちょっとね」

正直なところ身も心もくたくただった。平気だよと強がることもできないほどの疲労感が全身を襲っていた。風邪《かぜ》のひき始めのような、妙な熱っぽさもある。

「宮殿に着くまで私に寄りかかって休むといい」

ユーリウスはそう言うと、向かい側の席から怜の隣に移ってきた。

腕と腕が触れ合った途端、トクンと心臓が鳴った。

「だ、大丈夫だから」

トクトクトクと、瞬く間に鼓動が走り出す。

「何を遠慮している」

「遠慮とかじゃなくて……」

――ドキドキしちゃって困るんだってばっ。

内心の動揺に気づく様子もなく、ユーリウスは怜の肩を自分の方へと抱き寄せた。

と、その瞬間だった。

「あっ……」

ドクン、と下腹の奥に覚えのある熱が生まれた。

――もしかして……。

予感が過るのと同時に、ユーリウスと接している腕がジンジンと熱を帯びてきた。世界線をスリップするというアニメも真っ青な出来事のおかげですっかり失念していた。前回のヒートからそろそろ三か月になるということを。

「どうした、レイ？」

ユーリウスが心配そうに顔を覗《のぞ》き込んでくる。

「気分が悪いのか」

「違っ……っ……」

あまりに急激な高まりに、首を横に振ることしかできない。

「大丈夫か、レイ――あっ」

フェロモンを感じ取ったのだろう、ユーリウスが息を呑んで動きを止めた。

「……どう、しようっ……あぁ……」

馬車という狭い密室の中に運命のアルファとふたりきり。

室内のフェロモンは刻一刻と濃密になっていく。

「あぁ……」

身体の奥底からマグマのように込み上げてくる熱が、あっという間に怜を支配した。

ユーリウスが欲しい。今すぐ抱いてほしい。灼熱《しゃくねつ》で最奥を貫いてほしい。

思考が欲望の波に飲み込まれていく。ユーリウスもまた同じ苦しみに耐えているのだろう、怜悧《れいり》に整った顔を歪ませ、肩で呼吸をしていた。

「間もなく宮殿だ……がんばれっ……」

馬車の中で事に至るわけにはいかない。

ユーリウスは自らの手首に歯を立て、荒れ狂う欲望の嵐《あらし》に抗《あらが》っていた。

「あぁ……っ……」

身体の芯が蕩《とろ》けそうな感覚。

馬車がガタゴトと揺れる刺激にも身体が反応しそうになる。

先端から溢れた体液が股間《こかん》にいやらしい染みを作っている。ユーリウスに気づかれたくなくて両手で押さえているけれど、きっととっくにバレているだろう。

「ユーリ……も、ダメ……」

はあ、はあ、と乱れる吐息が熱い。

「門まで来たぞ。間もなくだっ……」

ユーリウスの励ます声すら耳に届かないほど、怜は高まっていた。

「……あぁぁ……はっ……あ……」

ようやく馬車が止まり扉が開いた瞬間、ユーリウスが怜の身体を抱き上げた。

「ユーリ……」

お姫様抱っこなんて恥ずかしい、やめてくれと、いつもなら叫んでいた。しかし今の怜にはそんなことを言っている余裕はなかった。

「走るぞ。摑《つか》まっていろ」

タンッと床を蹴《け》って、ユーリウスが馬車を飛び出した。

「うわっ」

「ユーリウス殿下？」

「レイ様、一体どうなさいました」

馬車の外にいた側近たちが、驚いた様子で飛び退《の》くのが見えた。ユーリウスは彼らを振り返ることなく宮殿内に駆け込むと、風のような速さで自分の寝室へと飛び込んだ。

「レイ、よく耐えたな」

ユーリウスは怜を床に立たせると、後ろ手にドアを閉めた。そしてその長い腕で怜の震える身体を搦《から》め取ると、壊れんばかりの力で抱きしめた。

「ユーリ……ああ……」

濃い雄の匂いを鼻腔《びこう》に吸い込んだ途端、下腹の奥で何かが弾《はじ》けた。

「あ……っ！」

一瞬、何が起こったのかわからなかった。ドロリと生温かいものが股《また》を伝うのを感じ、ようやく自分が暴発してしまったのだと知った。

「あ……くっ……」

「おっと」

崩れ落ちそうになる身体を、慌てた様子でユーリウスが抱き留めてくれた。

「レイ……お前、まさか」

「……っ……」

「抱きしめただけで達してしまったのか」

「言う、なっ……」

熱を帯びた身体が激しい羞恥《しゅうち》でさらに火照る。怜は涙目でユーリウスを睨み上げた。

「そんな目をして……」

ユーリウスは目を眇《すが》め、ふたたび怜の身体を横抱きにする。

「ちょっ、と待っ――」

「私の理性を破壊するつもりなのか」

「は、破壊って……」

冗談を言っている場合じゃないだろう。

喉まで出かかった台詞を呑み込んだのは、ユーリウスの顔が苦悩に歪んでいたからだ。碧く美しい双眸には、どろりと濃い欲望が浮かんでいる。

――ユーリ……。

ユーリウスは怜の身体をベッドに横たえると、毟《むし》り取るように服を剝《は》いだ。そして自らも乱暴な手つきで着衣を脱ぎ捨てた。

「うわっ……」

猛々《たけだけ》しく怒張したユーリウスの欲望は、まるで凶器のようだった。それで中を搔《か》き回されるところを想像したら、くらくらするほどの興奮を覚えた。

「ユーリ、早く……んんっ……」

圧《の》しかかられ、唇を塞《ふさ》がれた。貪《むさぼ》るように無心で唇を奪い合ううちに、一度萎《な》えたはずの中心がみるみる芯を取り戻していく。

「……んっ……ふっ……」

固く勃《た》ち上がったユーリウスが、内腿《うちもも》にぐりぐりと当たる。その大きさと熱を感じるたびに、後孔がどろりと濡れるのがわかった。

「レイ……」

「……ユーリ」

キスの合間に濡れた声で互いを呼ぶ。

その淫靡《いんび》な声色が、怜の本能をひどく刺激した。

ユーリウスの唇が、怜のほっそりとした顎《あご》から白い首筋、浮き出た鎖骨へと移動していく。薄い皮膚にキスを落とされるたび、怜の華奢《きゃしゃ》な身体はびくびくと反応してしまう。ふたたび勃ち上がった中心の先端からは、下腹を濡らすほどの蜜《みつ》が溢れた。

「ああ……ユーリ……」

たまらず自らユーリウスの手を摑み、濡れた中心へと導いた。予期せぬ行動に一瞬驚いた顔を見せたユーリウスだが、すぐに怜の熱をその手に包んでくれた。

「あぁぁ……やぁ……っつ」

大きな手のひらに擦《こす》り上げられ、怜は背中を反らして切なく喘《あえ》ぐ。

「レイ……」

ぷっつりと胸に並んだ粒を甘噛《あまが》みされ、怜はまた急速に高まっていく。

「ああ、あっ、も、もうっ……」

敏感な先端の割れ目を指先で突かれた瞬間。

「ああっ、あ——っ！」

怜はふたたび頂《いただき》に達した。

「……っ……く……」

二度目だというのに吐精は信じられないほど長く続いた。続けざまに二度もイくなんて、生まれて初めてのことで、怜は快感の余韻の中で軽い眩暈《めまい》を感じた。

「本当に敏感なんだな」

先だってと同じ台詞で揶揄《やゆ》され、怜は羞恥に涙ぐむ。

「……っるさい。からかうな」

睨み上げるとユーリウスが手を止めた。

「残念ながら今の私に、お前をからかう余裕などない」

「……え」

「褒めているんだ。愛する者が自分の手管で感じてくれることが、嬉《うれ》しくない者などいないだろう」

愛する者。不意に発せられたひと言に、怜はハッと目を見開いた。

「愛する者って……もしかしておれのこと？」

おずおずと尋ねる怜に、ユーリウスは呆れたように眉尻《まゆじり》を下げた。

「お前以外に誰《だれ》がいるというんだ」

「……うそだ」

「なぜ私がうそをつかなければならないんだ」

ユーリウスは大きくひとつ深呼吸をすると、怜の頬を両手で挟んだ。

「愛している、レイ」

「ユーリ……」

「幼いお前は私にとって愛おしい弟のような存在だった。しかしあの日、十七年ぶりに戻ってきたお前は実に美しく成長していて……ひと目で心を奪われた。あらためて番《つがい》としてお前に惚《ほ》れた」

じっと瞳を見つめられ、怜は金縛りに遭ったように身動きが取れなくなる。

――どうしよう。

嬉しい。嬉しくてたまらない。何か答えなければと思うのに、口を開いた途端目の前の双眸に吸い込まれてしまいそうで、言葉が出てこない。

ユーリウスは静かに瞳を伏せ、微かに目蓋《まぶた》を震わせた。

「この間はすまなかった」

「えっ、あ……ああ」

突然の謝罪が薬を使った強引な行為のことだと、一瞬遅れて理解した。

「おれがあんまり生意気だったから？」

「そうではない」

ユーリウスは慌てたように首を振った。

「むしろその反対だ」

「反対？」

「以前も話したが、幼い頃のお前は私の姿が見えなくなると、泣いて探し回るような子供だった」

日に何度も『ユーリ、だいしゅき』と抱きついてきたのだと、数日前ユーリウスは昔語りのように教えてくれた。

「無論あの頃は私自身も幼くて、番になることの本来の意味など解してはいなかった」

怜が姿を消した当時、ユーリウスは六歳だった。理解できなくて当然だろう。

「ただお前と、目の前のこの愛おしい存在と、生涯を共にできるということだけはわかっていた。私にはお前だけ、お前には私だけ、そんな日々が死ぬまで続くのだと――無邪気に信じていたのだ。それなのに」

十七年後、アクシデントを乗り越えて再会した時、怜はすべてをきれいさっぱり忘れていた。

『あんた、誰なんだ』

頰に当たるひんやりとした大理石の感触を、まだ覚えている。立ち上がって睨み上げた時の、ユーリウスの瞳の鋭い光も。

『次に私をあんたと呼んだら、命はないものと思え』

あの時のあからさまに不機嫌な声にそんな思いが込められていたとは。感心するやら呆れるやらで、怜は軽く脱力する。

「何度も言うけど、二歳の時のことなんて誰だって覚えていないよ」

当然の主張なのに、ユーリウスはまだ納得しない。

「私はこの十七年間、一日たりともお前のことを忘れたことはなかった。世界線の秘密を知ってからは、きっとヴァロが連れ戻してくれるはずだと、自分に言い聞かせて暮らしてきた。一度は失敗したが、いつか必ずまたチャンスがやってくると信じていた」

「なのにおれが全部忘れていたから、腹が立って薬を使ったの？」

「……間違いだったと、今はわかる」

すまなかった。そう言ってユーリウスは小さく頭を下げた。

向けられたつむじがやけにいじらしくて、ああこの人も人間なんだなとあらためて思い至る。きっとこの国では皇太子が誰かに頭を下げるなんて、ありえないことだろうに。

「怒ってなんか、ないよ」

それは紛れもない怜の本音だった。ユーリウスがのろりと顔を上げる。

「うそをつかなくてもいい」

「うそじゃないって」

怜は高校二年生の時、通りすがりのアルファに襲われそうになったことを話した。

「今でもあの時のことを思い出すと吐きそうになる。でもユーリとのアレは……全然嫌じゃなかった」

ユーリウスとの行為には、薬を使われたとわかっていても、嫌悪感を覚えなかった。強引で理不尽なやり方に対する反発心はあったが、それとはまったく別の次元で彼を求めている自分がいた。

もう一度ユーリウスと繋《つな》がりたい。ひとつになりたい。

あれから何度そう願ったか知れない。

おそらくそれこそがオメガの本能なのだろう。ブルーアルファを求めてしまうホワイトオメガの性《さが》。生まれた時から結ばれると決まっていた、運命的な縁なのだ。

「そんなふうに私を甘やかすと後悔するぞ」

「……え？」

「お前が元の世界に帰ることができないように、縄でぐるぐるに巻いてしまいたくなる」

「縄でぐるぐるって……」

怜は小さく噴き出してしまう。

「いいよ、ぐるぐる巻きにしても。だけどそんなことしなくても、おれは元の世界には帰らない」

ユーリウスが「えっ」と目を見開く。

「だっておれも、あんたが好きだから」

「……えっ」

「好きなんだ、ユーリが」

ユーリウスが息を呑む音がはっきりと聞こえた。

碧い瞳がゆらゆらと揺れて、ああいつ見てもきれいだなと心から思う。

「初めは何もかもが信じられなかった。世界線とかスリップとか、そんなの急に言われても知らねえよって。でも毎日一緒に過ごすうちに、だんだんわかってきた。ユーリの、その……優しさが」

ユーリウスが抱える深い孤独。責任。重圧。父親との不和。

時に命を狙われながらも、愛する国と国民のために努力を惜しまない。そんな彼から、気づけば目が離せなくなっていた。

呼び寄せられたのは自分がホワイトオメガだから。ただそれだけなのだとわかっていても、ふとした優しさがたまらなく嬉しかった。

馬車の中で怜の肩に乗った花びらを摘《つ》まみ上げ、ユーリウスは窓の外の風に乗せた。真っ直ぐ伸びてきた手に一瞬、抱き寄せられるのかと勘違いした。からかわれたことが恥ずかしくて悔しくて、だけどそんな他愛《たわい》もない会話ができた時間が愛おしいと思えた。

『今夜は月が美しいな』

夏目漱石など知らないユーリウスが意図せず口にした愛の言葉。「I love you」の意味ではないとわかっていても、肩にかけられたブランケットの温《ぬく》もりは、いつまで経っても消えることはなかった。

「信じられない。お前が私を……」

「それはこっちの台詞だよ」

ずっと片思いだと思っていた。ユーリウスにとって自分は、単に世継ぎを産む相手。けど、それでも構わないと思った。ユーリウスのいない世界に戻るくらいなら、たとえそこに愛情と呼べる感情が介在しなくても、彼の傍《そば》にいられるだけで満足だとすら思っていたのに。

――ユーリがおれを愛してくれているなんて……。

なんだか夢みたいで、心がふわふわして実感が湧いてこない元の世界線にひと欠片《かけら》も未練がないと言えばうそになる。けれどユーリウスへの愛と天秤《てんびん》にかけた時、それはまるであの日風に舞ったユーリナの花びらのように淡いものに思えるのだ。

「ユーリ、おれ、あんたと番になりたい」

突然思い立ったわけではない。彼を好きだと自覚した時からずっと、いつか自分から告げようと決めていた。

「たとえ皇太子の座を弟君に譲ることになったとしても、おれの気持ちは変わらない。子孫はひとりでも多い方がいいはずだし、何よりおれがユーリと……一緒にいたいんだ、死ぬまでずっと」

「レイ……」

ユーリウスの顔がくしゃりと歪んだ。笑っているような泣いているような、それは初めて見せる人間臭い、二十三歳の青年の表情だった。

「ああ。番になろう。どのような立場になろうとも、私はこの国と国民のためにこの身を捧げる。ただそれだけだ」

「ユーリ……」

「そしてこのネイオール王国で、お前と生涯を共にする」

そう言ってユーリウスは、怜の身体にふたたび圧しかかってきた。

「……っん……」

もう一度唇を重ねる。上顎の敏感な部分をぬるぬると舐められ、怜の体温は一気に上がっていく。

「……んっ……ふっ……ん」

言葉はもう必要ない。感情すらも越えて強烈に惹《ひ》かれ合う。それが自分たちの運命だというのなら、こんな幸せなことがあるだろうか。

「レイ、後ろを見せてくれ」

「……え」

「お前の小さくて可憐《かれん》な孔が見たい」

「なっ……」

卑猥《ひわい》な言葉を囁かれ、激しい羞恥に襲われる。しかし同時に身体の芯がどうしようもないほどぞくぞくしてしまう。

うつ伏せの姿勢を取ると、ユーリウスが腹の下に枕《まくら》を入れてくれた。

「もっと尻《しり》を高く上げろ」

「こ、こう？」

「もっとだ」

細い腰をぐいっと持ち上げられ、卑猥に濡れそぼった秘孔をユーリウスの眼前に晒す形になる。全身が総毛立つほどの羞恥に涙ぐむ怜をよそに、ユーリウスは感嘆のため息を漏らした。

「こんなに濡らして……」

「そ、そういうことをっ……ああっ、あっ」

言うなと文句を口にする前に、ユーリウスの舌先が小さな孔の入り口にくちゅっと差し込まれた。蜜を潤滑油に敏感な襞《ひだ》をこれでもかと舐め回され、びくびくと腰が揺れてしまう。

「あぁ……ん、やめっ……」

逃げを打つ腰を左右からホールドされ、怜は身も世もなく喘ぐしかなかった。

「ひくひくしている。愛らしいな」

「それ、やだっ……あぁ……ん」

「やだ？　ならどうしてここがこんなことになっているんだ」

すっかり形を取り戻した中心を、ユーリウスの手のひらが握り込む。

「べとべとだ」

後孔以上に濡れた先端からは絶え間なく透明な体液が溢れ、シーツに淫猥《いんわい》な染みを作っていた。

「もっと聞かせてくれ、レイのいやらしい声を」

ユーリウスは舌先で襞をなぞりながら、中心を手のひらで擦り立てる。

「や……だっ……ああ……ん」

「ああ、いい声だ」

前と後ろを同時に刺激され、頭の芯が痺《しび》れてくる。何も考えられなくなる。

「もう、ダッ、ダメッ……ああっ！」

シーツを握りしめ、怜はまた達した。ハタハタと白濁がシーツに落ちる。

「……っ……ん……」

「またイッたのか。なんと愛らしい」

「ダメッて、言ったのにぃ……」

甘ったるい恨み言に、ユーリウスはふっと笑い「悪かった」と背中から抱きしめてくれた。ちっとも悪いと思っていないことはわかったけれど、頸筋《くびすじ》にチュッと小さく落とされた口づけに懐柔されてしまう。

「そんな可愛い声を出すな。私までつられて達してしまいそうだ」

冗談を言っているわけではないことは、尻の付け根に当たっているユーリウスの熱さと硬さでわかる。

この猛りで奥を掻き回してほしい。ユーリウスとひとつになりたい。

「ユーリ、早く……早く来て」

涙声で訴える。

「ああ。私も限界だ」

ユーリウスは怜の腰を持ち上げると、凶器めいた自身を秘孔の入り口に押し当てた。

「入るぞ」

「……うっ……」

狭い入り口の襞がめりめりと開かれる。強烈な圧迫感はしかし、苦痛に変わる前に去った。蜜で濡れたそこはすでに柔らかく解《ほぐ》れていて、今か今かとユーリウスを待っていた。

「ああ……あっ……すご、い……」

奥まで一気に貫かれ、脳の裏側で火花が散った。

「ああ、レイ……」

感覚を味わうように、ユーリウスが腰をグラインドさせる。ぬめった内壁を抉《えぐ》られるたび、怜の喉からは甘ったるい喘ぎが漏れた。

「あ……あぁ……」

「レイ……レイ……」

ユーリウスの声が切なく掠れる。

もっと。もっともっと。身体も心もすべて、ユーリウスで満たしてほしい。

「レイ……愛してる」

「おれ、も……あぁ……」

「私と番になってくれるか？」

「もちろん」

貫かれたまま頷《うなず》くと、意図せず涙が溢れた。

「本当にいいんだな？」

「……え」

「元の世界に、戻れなくなっても」

この期に及んでなお不安げなユーリウスの声に、怜はふっと微笑んだ。

「まだそんなこと気にしてたんだ。これはおれ自身が決めたことだよ。もしユーリに『帰れ』って言われても、おれはネイオール王国に残る」

「レイ……」

「愛してるって、言っただろ」

震える声で囁くと、怜の中のユーリウスがぐんと力を増した。

「レイ、一生お前を放さない」

奥の内壁をぐちゅぐちゅと掻き回され、目蓋の裏がチカチカした。

「ああ、あっ……」

「お前は私だけのものだ。そして私も、お前だけのものだ」

抽挿が速まる。腰を激しく前後させながら、ユーリウスは怜に覆いかぶさってきた。

「ようやくだ、レイ。ようやく……」

「あ……あぁ……ユーリ」

大きく張り出した先端で怜のいいところをぐりぐりと擦りながら、ユーリウスが囁いた。

「ようやく、番に……」

そう言ってユーリウスは、怜の白い頸筋に歯を立てた。

「痛っ……あぁ……」

ズキンと痛みが走った瞬間、全身の体温が一気に上がった気がした。頭の先からつま先までを、熱い何かが駆け巡る。

「……あぁぁ……くっ……」

――これが『番の儀式』……。

ドクドクドクと鼓膜を打つ心臓の音。射精感が急激に高まる。

「愛している、レイ」

濡れた声が耳朶《じだ》を舐める。

「おれ、もっ……あっ、ああ、あ――っ！」

身体の一番奥で、何かが爆《は》ぜた。

通常の射精とは明らかに違う絶頂に、怜は全身を硬直させる。

「……っ……くっ……」

「レイ……んんっ」

ドクドクと白濁を吐き出しながら、最奥にユーリウスの欲望が激しく叩きつけられるのを感じた。

薄い皮膚を通してユーリウスの鼓動が伝わってくる。

ドクドクと脈打つふたつの波が、やがてひとつに重なる。

──ユーリ……。

──やっとひとつになれたんだ……。

愛する人と番になれた幸福感の中で、怜はひと時意識を手放した。


夜半、月明かりで目を覚ました怜は、傍らにユーリウスの姿がないことに気づいた。

頸筋の微かな痛みが数時間前に行った儀式の記憶を呼び起こす。しかしあれほど激しかったヒートの症状はすっかり消えていた。

ユーリウスは深夜の窓辺に佇《たたず》み、月明かりの美しい夜空を見上げていた。声をかけようとして躊躇《ためら》ったのは、ガウンを羽織ったその後ろ姿に言いようのない憂いを感じたからだ。

十七年の年月を超え、運命の番と儀式を終えた喜びと安堵の中、なお彼の心に巣食う憂い。それをもたらすものが何なのか、怜にはわかっていた。

ふと、部屋の片隅にある白く丸い何かが目に入った。正体に気づいた怜は、思わず声を上げた。

「……ヴァロ」

少し嗄《しわが》れた呼び声に振り返ったのは、ヴァロではなくユーリウスだった。

「すまない、起こしてしまったな」

怜は静かに首を横に振る。

「自然に目が覚めたんだ。そっちに行ってもいい？」

ユーリウスは「ああ」と頷き、怜のために用意されていたガウンを肩にかけてくれた。

「ヴァロ……無事で本当によかった」

「山盛りの餌《えさ》を平らげて、今眠ったところだ」

「そうだったんだ」

「恐ろしいほどの通常営業だな。こいつの豪胆さにはいっそ感心する」

呆れたように嘆息するユーリウスに、怜は小さく笑った。

オルトから瀕死《ひんし》だと聞かされた時には、全身の血が凍りそうな恐怖を覚えた。騙《だま》されたのだと知った後も心の片隅に不安が残っていたが、こうしてのんき気に寝息を立てている姿を目にして、ようやく心から安堵することができた。

「月を見ていたの？」

「ああ。今宵《こよい》の月はまた一段と美しい」

「うん……本当に」

微笑む怜の肩を、ユーリウスがそっと抱き寄せる。

「いいことを教えてあげようか」

「なんだ」

「おれがいた世界では『月が綺麗《きれい》ですね』っていう台詞には『あなたを愛しています』っていう意味があるんだ」

「そうなのか」

「都市伝説みたいな話なんだけどね」

ユーリウスが驚いたように目を見開いた。

「なかなか情緒的だな」

「そう？　おれはちょっとややこしいと思うけど」

「なぜだ」

「だってただ単に『月が綺麗だな』と思ってそう言っただけなのに『この人は私のことを愛しているのかしら』って誤解されたら面倒くさいじゃないか」

長年思っていたことを口にすると、ユーリウスは怜の肩を抱いたままぷっと小さく噴き出した。

「おれ、なんか可笑《おか》しいこと言った？」

「いや。いかにもお前らしいと思ってな」

「情緒がないってこと？」

「そうは言っていないが……」

中《あた》らずと雖《いえど》も遠からずということなのだろう。

恋愛ドラマや恋愛映画にまったく興味のない怜は、友人たちからよく『お前にはロマンってものがないのか』と揶揄された。それに対して『ロマンで腹は膨れない』と答えるのが常だったのだから、ユーリウスが「情緒がない」と感じたのもあながち間違いではない。

そんな怜が今、愛する人の腕の中でうっとりと月を見上げていると知ったら、みんなどんな顔をするだろう。反応を知りたい気もするけれど、もう彼らには二度と会えないのだということはわかっている。

胸の宿る寂しさはおそらく死ぬまで消えないだろう。けれど寂しさごと包み込んでくれる温かな腕があるから、きっと大丈夫だと思えるのだった。

「ねえ、ユーリ」

「……ん？」

「明日、国王陛下のお見舞いに行かない？」

勇気を振り絞ってそう口にした怜を、ユーリウスがゆっくりと見下ろす。

「おれたちもう番なんだよね？　おれはユーリの妃になったんだよね？　だったらちゃんと陛下に紹介してほしいんだ」

「………」

『心根はお優しいのに、態度に表すのがあまりお上手ではない。何かと誤解を受けやすいのが残念でなりません。ユーリウス殿下も、国王陛下も』

ウォルフの言葉が蘇る。ふたりは似ているのかと尋ねた怜に、彼はこう答えた。

『そうですね。私の目にはそのように映ります』

ウォルフの目が節穴でないなら、ユーリウスの内に秘めた優しさは父親である国王譲りということになる。強い正義感や愛国心も、父親を尊敬し、それに倣おうとしたからこそ育ったものではないのだろうか。

国王は本当に血も涙もない人間なのだろうか。亡くなった王妃や息子のユーリウスに愛情の欠片も持たない、冷酷な人間なのだろうか。

父親の人となりを一番よく知っているのは、他でもない息子であるユーリウスのはずだ。おそらくユーリウスは、国王の本音を知りたがっている。なぜ王妃を古城に幽閉したのか。せざるを得なかったのか。知りたいけれど知るのが怖い。ユーリウスの心はこの十七年間、ずっと揺れ続けていたに違いない。

王妃の死についてふたりの間に何かしらの誤解があるのだとしたら、それを解くのは今しかない。国王にあまり時間が残されていないことは、ユーリウスだってわかっているはずなのだ。

「行こうよ、ユーリ」

「………………」

「行かなくちゃダメだよ。このまま背を向け続けていたら、きっと後悔する」

目の前の瞳が頼りなく揺れる。碧い双眸は、本人よりずっと雄弁だ。

ユーリウスは視線を外し、ふたたび青白い光を放つ月を見上げた。

どれくらいそうしていただろう。ため息に乗せるようにユーリウスが呟いた。

「そうだな。お前の言う通りだ」

「ユーリ……」

ユーリウスは頷き、穏やかな笑みを浮かべた。

「明日、一緒に陛下の宮殿に行こう」

そう言って、怜の額に優しいキスを落とした。


数日後、怜はユーリウスとふたりでネイオール王国国王・アルベルトスのもとを訪れた。

アルベルトスの顔色は決して良好とは言えなかったが、それでもその瞳には生気があり、久しぶりに訪問した息子とその番を、杖《つえ》をついて出迎えてくれた。

目の色の違いを除けば、見上げるような長身も凛とした表情も、ユーリウスとの血の繋がりを感じるのに十分すぎるほどだった。

「ご無沙汰《ぶさた》しておりました、陛下」

「うむ」

杖に体重を預けながらも、アルベルトスの声には張りがあった。ベッドから起き上がれないような状態だったらと心配していたが、想像していたよりずっと元気そうな様子に、怜は少なからず安堵を覚えた。

「変わりはないか」

「はい、おかげさまで。陛下のお加減はいかがですか」

「この通り。杖があれば宮殿内の移動は苦もない」

互いの顔に笑みはない。しかし短い挨拶《あいさつ》を交わすふたりに、互いを嫌悪する様子は感じられなかった。

「陛下、レイです」

ユーリウスに背中を押され、怜はアルベルトスに一礼する。

「ご無沙汰しておりました。怜です。ふたたび国王陛下にお目にかかれて光栄です」

緊張バリバリの怜に、アルベルトスは穏やかな声で「おお、レイか」と言った。

「無事に戻ってきたことはすでに聞き及んでおる」

「えっ」

怜は驚いて視線を上げたが、隣のユーリウスは「さもありなん」といった様子だった。国王がすでに情報を得ていることは、想定の範囲内だったらしい。

「大きくなったな、レイ。いくつになった」

「十九になりました」

「そうか……十九か」

十七年前の悲劇に思いをはせているのだろうか。アルベルトスはそっと目を閉じた。

「陛下」

「……うむ」

「昨日、レイと番の儀式を済ませました。本日は彼を正式に私の妃として認めていただきたく、馳《は》せ参じました」

「……そうか」

「事後報告になり申し訳ございません」

「……うむ」

アルベルトスは静かに目を開けると、その視線を怜に向けた。

「ユーリウスをよろしく頼む。私に似て愛想のない男だが、悪い人間ではない」

怜は慌てて背筋を伸ばす。

「こ、こちらこそどうぞよろしくお願いいたします。ふふふ、不束者《ふつつかもの》ではございますが、一生懸命ユーリウス殿下を支えたいと思っておりますっ」

鯱《しゃちほこ》張って一礼すると、アルベルトスはようやくその顔に微かな笑みを浮かべた。眦《まなじり》に数本の皺《しわ》が寄って、表情が一気に穏やかなものになる。

「ユーリ、おれ、席を外すね」

「いや、その必要はない」

ユーリウスは一緒にいてくれと縋《すが》るような目をしたが、怜は小さく首を横に振った。

このまま同席することはやぶさかではないが、父子ふたりになった方がより深い話をすることできるだろうと思ったのだ。ふたりの間に立ちはだかる高い壁。その名前が「誤解」であることを願って、怜は部屋を後にした。

アルベルトスの側近が、宮殿の裏庭に案内してくれた。父子の対話が終わるまでそこで時間つぶしをすることにした。

木漏れ日と鳥のさえずり、そして柔らかな春の風。多くの木々に囲まれる安心感と心地よさは、ユーリウスの宮殿の裏庭で感じるそれととてもよく似ていた。

——おれは昔、ここでユーリウスと遊んでいたのか……。

暇に任せてあたりを散策していると、ふと傍らに木の切り株らしきものが見えた。

――これって……。

怜は足を止めた。何かの都合で伐採されたのだろうが、その切り口はかなり古いものに見えた。

『その日お前は、木の切り株から飛び降りる遊びを繰り返ししていたらしい。ところが何度目かのジャンプをした瞬間、突然姿が消えてしまった――』

おそらくこれが、その時の切り株なのだろう。

怜はそっと目を閉じる。

突然消えてしまう自分。半狂乱で国王の部屋に駆け込む王妃。事態を知らされ激しいショックを受ける幼いユーリウス――。ないはずの記憶が、想像という形で脳裏に映し出され、怜の胸を苛《さいな》んだ。

ここは呪《のろ》われた庭なのだろうか。もしかしてユーリウスはその後、この庭が嫌いになり立ち入ることすらしなかったのではないか。

重苦しい気持ちでふたたび歩き出した怜の目に、白い草が群生しているエリアが目に入った。日本によくあるシロツメクサによく似た草だ。

――もしかして……。

怜は急いで駆け寄ると、しゃがみ込んでその中の一本を引き抜いた。

「やっぱり……」

草の形状に、怜は思わず微笑みを浮かべた。

十三年前、怜のもとへヴァロが運んできた草の冠。間違いない、あれはユーリウスがこの庭の草で編んだものだったのだ。

自分のことを思い出してもらいたい一心で、ユーリウスは大急ぎで冠を編み、世界線を渡ろうとするヴァロに託した。懸命に草を編む十歳のユーリウスを想像したら、胸の奥がきゅんと痛んだ。

ここは呪われた場所などではなかった。その事実が怜の胸を熱くした。

当時の記憶こそないけれど、ここがユーリウスとの特別な場所なのだと思うと、頬を撫《な》でる風の香りすら愛おしく感じてしまうのだった。

「ユーリ、陛下とちゃんと話せてるかな……」

なにせ不愛想を極めたようなふたりだ。大喧嘩《おおげんか》になってはいまいかと思うと、居ても立ってもいられない気分になる。

——こんなことならやっぱり同席すればよかったかな……。

やきもきしながら、怜はしばらくの間裏庭を当てもなくぐるぐると歩き回った。

一時間が過ぎようとした頃、ようやくユーリウスが裏庭に現れた。手に分厚い本のようなものを抱えてゆっくりと近づいてくるユーリウスは相も変らぬ無表情で、父子の対話が上手くいったのか、その顔から読み取ることはできなかったのだが。

「待たせたな、レイ」

「あ……うん」

どうだった？　と尋ねる前に、ユーリウスの長い腕が伸びてきて、ぎゅうっと力いっぱい抱きしめられた。

「ユ、ユーリ？」

「ありがとう、レイ」

「……え？」

「お前のおかげだ」

少し震えたその声で、怜はすべてを悟った。

「気持ち、ちゃんと話せたの？」

「ああ」

「陛下の気持ちも聞けた？」

「ああ。今日、初めて知ることができた」

ユーリウスはそう言って、怜を抱く腕に一層の力を込めた。

傍らのベンチに並んで腰を下ろす。開口一番ユーリウスは意外なことを尋ねた。

「お前は自分のふた親について知りたいと思ったことはないか」

思ってもみなかった問いに、怜は「えっ」とユーリウスを見上げた。

「そりゃ、どんな人だったのか、気にならなくはないけど」

自分の産みの親について知りたいと思ったこともあったが、次第にその気持ちは薄れていった。遺棄されたのだから、親には抜き差しならない事情があったに違いない。己の出自にまつわるあれこれを深く探る行為が、幸せな結論を導き出す可能性は極めて低いだろうことを、成長とともに悟っていったのだ。

世の中には知らなくていいことがたくさんある。知らない方がいいことがある。年を重ねるにつれてそんな自己防衛本能が働くようになったのだ。

「おれの親は、育ててくれた施設長夫妻だと思って生きてきた。でも」

十九年前、ここネイオール王国で生を受けたのだとすれば、産みの親もまたこの国の人間だということになる。ヴァロに誘われてネイオール王国にやってきてからずっと、頭の片隅に両親のことがあった。

「おれの産みの親は、まだ生きているの？」

おそるおそる尋ねてみた。ユーリウスは少し逡巡した後、静かに首を横に振った。

「……そう」

そっか。そんな気がしていたんだ。それが正直な感想だった。

生きていたら会ってみたかった気もするけれど、十九年もの間「いない」と言い聞かせてきた両親が突然目の前に現れても、きっと喜びより戸惑いが大きいだろう。

「陛下はお前を私の番として王家に迎えた後も、両親がお前と自由に面会することを許していた」

国内の外れにある農村で農園を営んでいた両親は、暇をみては怜に会うため国王の宮殿を訪れていたという。

「ところがあの年……お前が二歳になった年、ネイオランド市内でたちの悪い疫病が流行した。多くの市民の命を奪った疫病は瞬く間にネイオール王国全土に広がったそうだ」

「おれの両親は、その疫病で？」

ユーリウスは「ああ」と頷いた。

「両親だけでなく、兄弟も親類も次々に亡くなった。お前が生まれた村は特に流行が激しくて、たった数か月の間に村民の半数近くが命を落としたそうだ」

「そんなに……」

もしもユーリウスの番として王家に引き取られていなかったら怜は今、この世にはいなかったかもしれない。

「ユーリは前から知っていたの？　おれの両親が亡くなったこと」

「いや」

ユーリウスも今さっき、アルベルトスから聞かされたのだという。

「そもそも当時それほどの疫病が流行していたということ自体、私の耳には入ってこなかった」

周囲の大人たちが、まだ幼い皇太子の心の負担を懸念して隠していたのだろうとユーリウスは言った。

「残念な報告ですまない」

「ユーリのせいじゃないよ。今ちょっとおれ、ホッとしてる」

「……ホッと?」

「うん」

両親の顔を想像するのをやめたのは、中学生の頃だった。どんな理由があれ自分の子供を遺棄するなど、決して許されることではない。ほんのひと欠片でも愛情があるなら、絶対にできないはずだ。そう思っていた。

しかし両親は、怜に会うために何度も宮殿を訪れていたという。

「おれ、ちゃんと親に愛されていたんだなって」

「とても愛情深いご両親だった。——陛下はそうおっしゃっていた」

「……そう」

怜は静かに目を閉じた。

憎まれて疎まれて捨てられたのだ。ずっとそう思っていたけれど、真実はまったく別のところにあった。すでに他界してしまったという両親に会うことは叶わない。言葉にならない寂しさが胸に渦巻くけれど、愛されていたのだという喜びの方が、今の怜にはずっと大きかった。

「で、ユーリの方は？」

父子水入らずの対話の結果を、早く知りたかった。

「陛下が母を僻地《へきち》の古城に住まわせた——というのは事実だ。しかし追いやったわけでも幽閉したわけでもなかった。陛下は母上を守ろうとしたんだ」

「守ろうと？」

ユーリウスは深くひとつ頷いた。

「母上は元々身体が弱かった。私を産んだ後も肥立ちがよくなくて、何か月も床に臥《ふ》していたそうだ。私に兄弟がいないのはそのためだ」

「そうだったんだ……」

「あの年、国中に疫病が蔓延《まんえん》し始めて……ついに宮殿内にも感染者が出始めた」

怜はハッと目を見開いた。

「それじゃ、陛下はユーリウスのお母さんを疫病から守ろうと」

「ああ。母上が暮らした古城のあたりは、感染者が比較的少なかったのだそうだ」

国王の配慮によって、最小限の人数の使用人たちとともに古城で暮らし始めた王妃だったが、慣れない場所での生活は、日を追うごとに彼女の気力や体力を奪っていった。気晴らしに外出することも、愛しいひとり息子に会うことも叶わず、王妃は次第に心身を病み、ついにはその命を落とした。

「疫病から守りたい一心でしたことが、かえって母上の寿命を縮めてしまった。陛下は『結局私が殺したも同然だ』と言っていた」

「そんなっ」

腰を浮かせた怜を、ユーリウスが制した。

「無論私も今は陛下のせいだなどと思っていない。しかし陛下が責任を感じてしまう気持ちは理解できる」

王妃を、妻を愛していたからこそ、自責の念は強かったのだろう。

「だから周囲に流れる根も葉もない噂話《うわさ》を、陛下はあえて否定しなかったんだ」

『国王陛下も無体なことをなさる。レイ様をスリップから守れなかったからといって、あのような僻地の古城に幽閉なさるとは。それが原因で命を落とされたのだから、王妃殿も浮かばれまい』

幼いユーリウスが偶然耳にし、衝撃を受けたという噂話。

「噂を流したのって、もしかして」

「ああ。サインドルス殿下だ」

やっぱり、と怜は唇を噛んだ。

当時から国王の座を狙っていたサインドルスは、アルベルトスとユーリウスの関係にひびを入れるために、根も葉もない噂を流した。利発な少年だったとはいえ、当時ユーリウスはまだ九歳。清廉で純粋だったからこそ、父親のしたことが許せなかったのだろう。

「許せない」

怜は拳《こぶし》を強く握った。ただでさえ母親を亡くしたショックから立ち直れないでいるユーリウスに、父親との関係に亀裂を入れることで追い打ちをかけたサインドルスの卑劣さに吐き気がした。

「私も許せない。彼には一生をかけて償ってもらわなくては」

「……ってことは」

ユーリウスが頷く。

「一命を取り留めたと、今朝《けさ》連絡があった。まだ予断を許さない状態らしいが」

「……そうだったんだ」

本音を言えば、死をもって償いとしてほしい。しかしそれを口に出さなかったのは、ユーリウスも心の奥底には同じジレンマを抱えているに違いないと思ったからだ。

サインドルスは当然のことながら王家追放となった。怪我の回復を待って流刑地へと送られ、そこで生涯を終えることになるだろうとユーリウスは言った。

「オルトさんは……彼はどうなるの？」

おずおずと尋ねる怜に、ユーリウスは表情を曇らせた。

「サインドルス殿下の計画に加担した罪は免れない」

父親と同じく王家を追放されたオルトは、近日中にネイオール王国を出ていくことになりそうだという。

「国外追放ってこと？」

「そういうことだ」

ユーリウスは苦いものを嚙んだような表情で、風に揺れる木々の枝を見上げた。

——オルトさん……。

あんなことをされたのに、なぜだろう彼を憎み切れない自分がいた。ユーリウスも同じ気持ちでいることは、その横顔を見ればわかる。

怜はオルトへの思いを封印し、「わかった」と小さく頷いた。

「あらためて礼を言う。ありがとう、レイ」

「……ユーリ」

「この国の未来をお前に託す。——陛下にそう言われた」

「えっ」

ユーリウスの言葉に、怜は大きく目を見開いた。

「本当に？」

ユーリウスは「ああ」と頷く。

『幸いこのところ調子がよいが、私の病は確実に進行している。万が一のことがあっても慌てたり取り乱したりせぬよう心しておけ。よいな』

アルベルトスにはすでに来るべき日への覚悟ができているようだったと、ユーリウスは呟くように言った。

『本当に私でよいのですか』

尋ねるユーリウスに、アルベルトスは少し驚いた様子だったという。

『お前が生まれてから今日まで、お前以外の者に国王の座を継がせようと考えたことはただの一度もない。このネイオール王国をどのような国にしたいのか、どのような政策を取れば国民が幸せになれるのか――幼い頃よく語って聞かせた国王の心得を、まさか忘れてはいまいな？』

『すべて覚えています。陛下に教わったことはすべて、一言一句この胸に刻んでありま す』

忘れたなどと思われては心外だとばかりに答える息子に、アルベルトスは満足げに頷いたという。

『お前がいてくれるおかげで、私はこうして養生することができている。感謝しているぞ、ユーリウス』

『陛下……』

『これからは時々顔を見せにきてくれるか？　レイと一緒に』

『もちろんです。あの、陛下』

『……ん』

『まだまだ教わらなければならないことがあります。どうか一日でも長く……』

声を詰まらせるユーリウスに、アルベルトスは『そうだな』と静かに微笑んだという。

「陛下と和解できたんだね。よかった……本当によかった」

怜は声を震わせた。

「お前のおかげだ、レイ」

サインドルスの策略に嵌《はま》ったせいとはいえ、長い間見舞いに訪れなかったことを詫《わ》びる息子を、アルベルトスはひと言も責めることなく許してくれたという。そして『お前も辛《つら》かっただろう』と気遣う言葉までくれたのだと、ユーリウスは感慨深げに話してくれた。

王妃を古城にやった理由を尋ねた時、アルベルトスは多くを語らなかった。もしもあの時アルベルトスが本当のことを話していれば、こんなふうに長きにわたる父子の誤解は生じなかっただろう。

しかしアルベルトスはそうしなかった。当時の彼は、自分に対してすべての言い訳を禁じたのかもしれない。

『お前の好きなように解釈するがいい。理由がどうあれ、王妃が二度と戻ってこないことに変わりはない』

突き放したような答えは、きっと自分への刃《やいば》だったのだろう。

――ホント、そっくりな親子。

自分に厳しすぎるところまで、ふたりはよく似ている。

「別におれは何も」

怜はふるんと頭を振った。

「ちゃんと向き合おうって決めたのは、ユーリ自身だろ」

「お前が背中を押してくれなければ、決断することはできなかった」

「そうかな」

「そうさ。私はお前が思っているほど、強い人間ではない」

そんな弱音さえ、おいそれとは吐けないに違いない。怜は手を伸ばし、ユーリウスの大きな手のひらをそっと握った。

「ん……？」

意表を突かれたように目を見開くユーリウスが愛おしい。

「これからはさ、おれにだけは弱いところ見せてほしいんだ」

「……レイ」

「ユーリの力になりたいんだ。国政とか、正直おれは素人だからよくわからないけど、ネイオール王国を思うユーリの気持ち、めちゃくちゃすごいと思う。それだけはわかる。だから、つまりその――ああ、もう、なんか上手く言えないんだけど」

己の語彙《ごい》の乏しさにげんなりする怜の手を、ユーリウスはぎゅっと強く握り返した。

「レイ、一生私の傍にいてくれ」

碧い瞳がこれ以上ないほど真摯《しんし》な色を帯びる。

「もちろん」

「雨の日も風の日も」

「病める時も健やかなるときも？」

「私がお前を守る」

「おれも、ユーリを守るよ」

顔を見合わせ、ふたりでふっと笑った。

「……んっ……」

どちらからともなく唇を合わせる。番になったことでヒートに陥ることはなくなったが、代わりにユーリウスの匂いを以前より強く感じるようになった。

ブルーアルファとホワイトオメガ。初めは呪われた運命だと悲観したけれど、今となっては神さまに感謝したいくらいだ。

「……っ……ふっ……」

口づけが深まる。ユーリウスの背中におずおずと手を回そうとした時だ。

遠くから赤ん坊の泣き声が聞こえてきて、怜は思わずユーリウスの胸を押した。

――そうだ、ここは陛下の宮殿だったんだ。

キスの心地よさにすっかり失念していた。ユーリウスも同じだったらしく、バツが悪そうに視線を落としこめかみを指で掻いた。

そんなさりげない仕草にも、いちいちきゅんとしてしまうあたり、この短期間でかなり重度の「ユーリ・ラブ」状態に陥ってしまったらしい。

「お前と口づけをすると、途端に周りが見えなくなってしまう」

いかんな、とユーリウスが眉根を寄せた。どうやら彼の「レイ・ラブ」も相当重症のようらしく、怜は思わず噴き出しそうになった。

ふたりでゆっくりとベンチから立ち上がった。近づいてくる泣き声の主には見当がついていた。真っ白なお包《くる》みを大事そうに抱えた若い女性が、ユーリウスに向かって会釈をした。傍らには世話係らしき初老の女性がひとりつき添っていた。

「お久しぶりです、義母上《ははうえ》」

「お久しぶりです、ユーリウス殿下」

「お身体の方はいかがですか」

「おかげさまで母子ともにこの通り」

「こちらにおかけください」

ユーリウスは産後の王妃をベンチに座らせた。

「もう外に出しても大丈夫なのですか？」

赤ん坊を見ながらユーリウスが尋ねる。王妃は頷き、この国では生後十日くらいから徐々に外の空気に慣れさせるのだと教えてくれた。

怜が暮らしていた施設にも新生児が入所してきたことがあったが、施設長夫妻は『お外に出すのはひと月を過ぎてからよ』と言っていた。文化も文明も異なるこの国には、この国の常識があるのだろう。

「顔を見ていただけますか？」

若き王妃がお包みを少し開くと、額だけしか見えなかった嬰児《えいじ》の顔が現れた。

「うわぁ……なんて可愛い」

あまりの愛らしさに怜はぱっと破顔した。ユーリウスも珍しく「おお」と声を上げ、「ほぇぇ、ほぇぇ」と顔を真っ赤にして泣く小さな異母弟の顔を覗き込んだ。

「名前はもう決まったのですか」

ユーリウスが尋ねる。

「はい。陛下がレオワルドと名づけてくださいました」

「レオワルド……いい名前ですね」

ユーリウスと顔を見合わせ、怜も微笑んだ。

「しかし赤ん坊というのは、なんというか、本当に赤いのですね」

およそユーリウスらしくない感想に、怜は思わずずっこけそうになった。

「普段はそれほどでもないのですが、泣くと途端に赤くなります」

「なるほど」

「殿下は赤ん坊を見るのは初めてでいらっしゃいますか？」

「ええ。レイの赤ん坊の頃を知っておりますが、私が初めて会った時はすでに生後四か月ほどでしたので。おお、泣きながら欠伸《あくび》を……ああ、まだ一本も歯がないのですね」

興味津々といった様子のユーリウスが可笑しくて、怜は笑いをこらえるのに必死だった。

王妃は穏やかな笑みを浮かべ「抱いてみますか？」と尋ねた。

「えっ、私がですか？」

ユーリウスは目を見開くとぶんぶんと首を横に振り、一歩二歩と後ずさった。そんな彼を見るのは初めてで、怜はとうとう噴き出してしまった。

「何が可笑しい」

「ごめんごめん。だってあんまりビビッてるからさ」

「ビビ……なんだって？」

「怖がってるってこと」

ユーリウスはちょっとムッとしたように片方の眉をピクリとさせた。

「私は別に怖がってなどいない。そういうお前は抱けるのか？」

「もちろん」

まだ月齢の浅い赤ん坊にミルクを飲ませたりおむつを交換したり、ひと通りの手伝いは施設で経験済みだ。

「おれが抱かせてもらってもいいですか？」

「ええ、そうしてやってください」

怜の申し出を、若い王妃は笑顔で快諾してくれた。

王妃の横に腰を下ろし、お包みごと赤ん坊を受け取った。するとぐずっていた赤ん坊がぴたりと静かになった。

「おお、泣きやんだぞ。レオワルドは人見知りをしないんだな」

「生後十日くらいじゃ、人見知りはしないんじゃないかな」

「赤ちゃんが人の顔が判別できるようになるのには、半年くらいかかるそうですよ」

怜の後を引き取るように王妃が説明すると、ユーリウスは「ほう、そういうものなのか」といたく感動した様子で何度も頷いた。

「うわぁ……めちゃくちゃ可愛い。あ、今ちょっと笑った気がする。レオワルド様は、目鼻立ちがはっきりしていますね」

「ユーリウス様のお小さい時にそっくりだと、陛下が」

レオワルドとユーリウスを見比べ、王妃が微笑む。

「そういえば似ているかも。レオワルド様もきっとイケメンになりますね」

「イケメン？」

王妃がきょとんと首を傾げる。

「イケメンというのは美男子という意味です」

怜の受け売りなのに、堂々と胸を張って答えるユーリウスが可笑しかった。

「レオワルドったら、レイ様のお膝が大層気に入ったようですね」

レオワルドはふあっとひとつ欠伸をし、すっかり安心したように目を閉じた。

「眠くて泣いていたんですね、きっと」

それにしてもなんと可愛い寝顔なのだろう。まるで天使だと思いながら顔を近づけると、ふわりと甘い匂いがした。

「……赤ちゃんの匂いだ」

「赤ちゃんの匂いとはどのような匂いだ」

ユーリウスが真顔で尋ねる。

「なんともいえない甘い匂い。ユーリも抱っこしてみればいいのに」

生後間もない赤ん坊を抱くことがよほど怖いらしく、ユーリウスはしばらく逡巡していたが、やがて「よし」と頷いた。まるで国の行方を左右する一大決心でもしたような表情に、怜は必死に笑いをこらえる。見れば左隣の王妃も手のひらを口元に当て、クスクスと笑っていた。

ユーリウスが怜の右隣に腰を下ろす。緊張で突っ張ったその腕に、怜はお包みをそっと乗せた。幸い小さな移動でレオワルドが目を覚ますことはなかった。

「抱き方はこれでいいのか」

「うん。上手上手」

「とてもお上手ですよ」

王妃にも褒められ、ユーリウスはまんざらでもなさそうな笑みを浮かべた。本当はもう少し腕を楽にした方がいいのだけれど、最初は誰だって力が入るものだ。

ユーリウスは腕に抱いた小さな弟の顔をじっと見下ろす。普段は怜悧な輝きを放つ碧い瞳に、慈愛の色が満ちていく。

「レオワルド……兄さんだぞ」

眠っている弟を起こさないように、ユーリウスは囁くように呼びかける。

「早く大きくなれ。そうしたら兄さんが絵本を読んでやろう」

優しく語りかけるユーリウスの横顔を見ながら、もしかするユーリウスはずっと兄弟が欲しかったのかもしれないと、怜は思った。

「遊びも勉強も、たくさん教えてやるからな」

気の早い皇太子に、怜は王妃と顔を見合わせて微笑んだ。

「あらっ、あそこに」

王妃が突然小さな声を上げた。その視線の先を追ったユーリウスと怜も、ほぼ同時に「あっ」と声を上げた。

宮殿の三階に窓の開いている部屋があった。窓辺に佇む人物がベンチに座る三人とすやすや眠るレオワルドをじっと見下ろしている。

「陛下ったら、いつから見ていらっしゃったのかしら」

王妃が軽く手を振ると、アルベルトスは片手を挙げて応《こた》え、部屋の奥へと姿を消した。

「そろそろお部屋に戻りましょうね、レオワルド」

ユーリウスの手から眠ったままのレオワルドを受け取り、王妃が立ち上がった。彼女に倣い、ユーリウスと怜もベンチから立ち上がった。

「私たちもそろそろ戻ろう」

「そうだね」

頷き合うふたりに、王妃が微笑む。

「おふたりに、一日も早く赤ちゃんが授かりますように」

「あ、ありがとうございます」

「……ありがとうございます」

ふたりで一礼する。ユーリウスの横顔が少し赤いのは、きっと照れているからだろう。

王妃とレオワルドに別れを告げ、ユーリウスとふたり並んで歩き出した。

「レオワルドがもう少し大きくなったらさ、みんなでピクニックしようよ」

怜の提案に、ユーリウスは「そうだな」と頷いた。無論「みんな」の中にはアルベルトスも含まれる。そして近い未来きっと生まれるであろう、自分たちの赤ちゃんも。

背中を向ける寸前、アルベルトスの瞳に光るものが見えたのは、おそらく気のせいではないだろう。ひとり息子に誤解から背を向けられ、深い孤独の中で、アルベルトスは今日のような睦《むつ》まじい家族の姿を長い間夢見てきたに違いない。

――一年でも、一日でも長生きしてください、陛下。

横を歩くユーリウスもきっと、同じことを考えているに違いない。

「ところでその本、どうしたの？」

怜はユーリウスが手にしている分厚い本を指さした。よく見ると、表紙に王家の紋章が刻印されている。

「王家に伝わる古い書物だ。以前に話しただろう、世界線のスリップに関することが書かれている書物があったと」

「ああ、あれね」

『世界線の歪みを見出し、その前に立つ時、白猫は青白い光を放つ』

九歳の時、ヴァロの能力について書かれた書物を見つけたのだと、以前ユーリウスは教えてくれた。

「でもその本って、ユーリが自分の宮殿に持ってきたって言ってなかった？」

「ああ」

「じゃあ、今持ってるそれは……」

「まったく同じ書物を、父もまた持っていたのだ」

なんと同じ書物が二冊あったのだという。

「まったく同じ本なら、どうして借りてきたりしたの？」

「忘れたのか。私の所有している書物にはヴァロが食べてしまったページがあると話しただろ」

「あ、そうだった」

世界線の大きな歪みが見つかれば怜を連れ戻せるかもしれない。そう考えた九歳のユーリウスはヴァロを揺さぶって急《せ》かした。それが気に入らなかったのだろう、ヴァロは続きのページを齧《かじ》って食べてしまったのだった。

「でもヴァロが食べたのって、一ページだけなんでしょ？」

「その一ページに、最も大事なことが書かれているかもしれないだろ。世の中というのは案外そういうものだ」

ユーリウスは真面目《まじめ》くさった顔で本の表紙を見つめる。

「ユーリは心配性の完璧《かんぺき》主義なんだね」

頭の後ろで両手を組んでクスクス笑うと、ユーリウスが片眉をピクリとさせた。

「褒められている気がしないのだが」

「褒めてるよ。半分はね」

「残りの半分は？」

「うーん……」

あまり真面目すぎると肩が凝るよ？　喉まで出かかった台詞を呑み込んだ。

気楽に無責任にケセラセラと生きられるのなら、ユーリウスだってきっとそうしているだろう。ひとつの決断の誤りが国民の命を脅かす。ユーリウスの肩にはいつだって、ネイオール王国の国民の未来がかかっているのだ。

バカな大将敵より怖いという言葉があるくらいだ。国政を司る人間は、生真面目なくらいがちょうどいいのかもしれない。

「残りの半分も、やっぱり褒めてる」

「は？」

「ユーリウスのそういう真面目なところ、大好きだよ！」

「あ、おい、待て」

照れて走り出した怜を、ユーリウスが追ってくる。

「待たない」

「走ると転ぶぞ」

「転ばないよ――うわっ」

馬車乗り場に続く石畳につま先を取られて躓《つまず》いてしまった。転ばなかったのは追いついたユーリウスが、すんでのところで腕を摑んでくれたからだ。

「あっぶね……」

「たまには人の忠告を聞くものだ」

「だね。ありがとう」

素直に礼を告げると、ユーリウスが嘆息交じりに眉尻を下げた。

「まったくお前というやつは。言うだけ言って逃げるのはずるいぞ」

「……え？」

「私にも言わせろ」

ユーリウスは怜の正面に回り、左右の肩に手を置いた。

「私もお前のそういうところが好きだ。口が悪くて跳ねっ返りで、けれど素直で誰よりも優しい心を持ったお前が——大好きだ」

「ユーリ……んっ……」

どちらからともなく唇を合わせる。

穏やかな春の風に髪をそよがせながら、怜はそっと目を閉じた。


深夜のことだった。ふわふわとした何かが頬に触れる感覚で目が覚めた。耳元で「なぉ～ん」と小さな鳴き声が聞こえた。

——ヴァロ……？

ゆっくりと目を開く。

目の前に現れた青白い光に、怜はハッと息を呑んで身体を起こした。

——ヴァロが光ってる。

世界線の歪みを見つけたのだ。

「ユー……あれ？」

傍らで眠っていると思っていたユーリウスの姿がない。ランタンの薄明かりに照らされて、ユーリウスは部屋の隅のソファーで眠っていた。胸のあたりに例の本を載せたまま静かに寝息を立てている。

『今夜はこれをもう一度最初から読み直すつもりだ。遅くなるからお前は先に寝ていろ』

ベッドに入る間際、ユーリウスがそう言っていたことを思い出した。

「……ユーリ」

小声で呼んでみたが、ユーリウスはピクリともしない。普段なら小さな物音でもすぐに目を覚ます彼が珍しく熟睡している。誤解が解けて国王と和解できたことで、常に張りつめていた気持ちが少しだけ緩んだのだろう。

「なぁお〜ん」

普段より低くヴァロが鳴く。主の眠りを妨げないように気を遣っているのかもしれない。

――ヴァロがおれだけを起こしたってことは、つまり……。

元の世界線に戻りたいのなら連れていくぞ、という意味に違いない。

「ヴァロ、ごめん」

怜はヴァロを抱き上げ囁いた。ユーリウスと番になったのは、この国で共に生きることを決めたからだ。雨の日も嵐の日もユーリウスを傍らで支える。その覚悟が揺らぐことは一生ないだろう。

「おれはもう――」

日本に戻るつもりはないよ。そう告げようとした時だ。

『草の冠を覚えているか』

ヴァロの声が聞こえた気がした。これまでのように心に訴えかけてくるテレパシーのようなものではなく、それはまさにはっきりとしたヴァロの〝心の声〟だった。

「ヴァロ、お前──」

『覚えているかと訊いているのだ』

「あ、うん、もちろん」

『あの草の冠の中には、ユーリウスの大切な指輪が編み込まれていたのだ』

「指輪？　ユーリの？」

『ユーリウスが殊の外大事にしていた指輪だ』

「ユーリって指輪なんかするの？　はめてるところ、見たことないんだけど」

『とある人物からもらったもので、幼いユーリウスはそれを宝物のように大切にしておったのだ』

とある人物。

怜の頭に浮かんだのは、亡くなったユーリウスの母親だった。

──お母さんの形見ってわけか。

あの日ユーリウスは、ヴァロに託した草の冠の中に、よりによって母親の形見の指輪を編み込んだというのだ。

「おれ全っ然、気づかなかったけど」

『草の中に紛れて見つけづらかったのだろう』

「ユーリはまた、なんでそんなことを」

『わからぬのか。お前はユーリウスの番なのだぞ。将来の妃を迎えにやるのに、手ぶらというわけにはいかないと考えたのだ』

「そんな……」

アホな、という台詞を必死で呑み込む。

「ていうかヴァロ、お前そんなにしゃべれたんだな。だったら最初から――」

『私のことはどうでもよい。とにかくユーリウスは宝物の指輪を失くしてしまったことを、ひどく悲しんでいた』

あの時お前がおれを連れ戻していれば、ユーリが悲しむことはなかったんじゃない？

浮かんだ疑問をしかし、怜は口には出さずにおいた。

何はともあれ、ユーリウスがそれほどまでに自分を大切に思ってくれていたことに胸が熱くなった。

「でももう十年以上前の話だし、今さら――」

『今さらだと？　ユーリウスの宝物なのだぞ？　取り戻して喜ばせたいと思わないのか？』

そう言われてハッとした。草の冠がまだ残っているかもしれないと話した時の、彼のひどく驚いた顔を思い出したのだ。

『本当なのか。本当に残っているのか』

身を乗り出したユーリウスの、真剣な瞳が脳裏に浮かんだ。取り戻せるものなら形見の指輪を取り戻したい。その思いは今も消えていないのだろう。

『それにお前、あちらの世界に別れの挨拶をしておきたい相手はひとりもいないのか』

「えっ……」

ヴァロの言葉に、ドキリとした。

「それは……」

咄嗟に浮かんだのは施設長夫妻の顔だった。怜に対してだけでなく、施設で暮らすすべての子供に対し、時に厳しく時に優しく、我が子のように接してくれたふたり。彼らの献身的な愛がなければ、怜は今頃どうなっていたかわからない。

――どうしよう……。

怜は逡巡する。

「けど万が一何かアクシデントがあって、こっちに戻ってこられなくなったら……」

ユーリウスに会えなくなるような事態だけは、絶対に避けなければならない。

『案ずるな。生まれてこの方、このヴァロ様が世界線の行き来に失敗したことはただの一度たりともない』

「でも……」

『でももへちまもあるか。何を迷っているのだ。こうしてまごまごしている間にも歪みが塞がれてしまうかもしれないぞ。さくっとチュ——』

「チュー？」

『なんでもない。さくっと別れの挨拶をして、さくっと形見の指輪を取り戻して、さくっと戻ってくればよいのだ。向こうの世界で着ていた服は、隣の部屋のクローゼットにしまってある。案内するからついてこい』

「そんなにさくさくいくかな」

なおも躊躇《ちゅうちょ》している怜に、ヴァロは言った。

『いいか、私がどれほど優れた力を有しているといっても、そうそう何度も同じ世界線を往復できるわけではない。経験上感じるに、おそらくこれが最後のチャンスであろう』

——最後のチャンス……。

怜は胸の中で繰り返す。

『先生、私たちはね、施設の子供たちを血を分けた息子、娘だと思って育てています』

施設長の凛とした声が脳裏に蘇る。

被《かぶ》さるように、ユーリウスの笑顔が浮かんだ。

——お母さんの形見の指輪か……。

幼くして母親を亡くしたユーリウスの寂しさや悲しみを思えば、たとえ残っている可能性が低くても、訪ねてみる価値はある。

『どうするのだ。行くのか。やめるのか』

「…………」

『早く決めろ。時間には限りがある』

「……行くよ」

怜はヴァロを信じて、ふたたび世界線を渡る決意をした。


ヴァロに導かれ、隣室のクローゼットからボタンのひとつ取れたシャツとジーンズを回収した。幸いあの後誰かが洗濯してくれたようで、染みついていた汗の匂いはすっかり消えていた。

ついひと月前まで毎日のように身に着けていた服なのに、もう何年も昔のことのように思える。施設を出る際、タンスの奥から保育園時代のスモックを見つけた時の懐かしさを思い出した。

ジーンズのポケットをまさぐると、幸いなことに財布が入っていた。スマホも無事だったが残念なことにバッテリーが切れていて使いものにならなかった。

「歪みの場所は、あの鏡がたくさん並んだ回廊みたいな部屋？」

先を急ぐヴァロの後をついて歩きながら尋ねた。

『今回は違う』

ふたつの世界線は開いたり閉じたり、くっついたり離れたりを繰り返すので、繋がる場所にはその都度微妙なズレが生じるのだという。

連れていかれたのは、なんと宮殿の建物から何本か突き出している塔のひとつだった。その最上階にある直径一メートルほどの丸窓の前でヴァロが足を止めた。

「うそ……」

下を覗いてみて、思わず唾《つば》を飲んだ。地面まで一体何十メートルあるだろう、宮殿の屋根さえ遙《はる》か遠く下に見える。その高さは講義棟の比ではなかった。

「ヴァロ、まさかとは思うけど……」

『躊躇している暇はないぞ』

言うなりヴァロはひょいっと窓枠に飛び乗った。

「あ、危ないっ」

丸窓には扉がついていない。

足を滑らせたらそのまま地面まで真っ逆さま。一巻の終わりだ。

『恩人に礼も告げぬまま、当代一の腰抜けとして余生を送るのが嫌なら、私の後について飛び降りるのだ。行くぞ！』

ヴァロの姿が消える。その動きには迷いの欠片もなかった。

「ええいっ！」

怜は両目を強く瞑り、ヴァロが放つ青白い光の筋を追った。


「ぶみゃぁ～ご……ぶみゃぁお～ん」

世にも不機嫌な鳴き声で目が覚めた。

――ヴァロ……。

ゆっくりと目を開く。視界に飛び込んできた無数の光に、怜は思わず息を呑んで目を見開いた。

往来を行き交う車のヘッドライト、街路樹を照らす街灯、信号機の点滅、商店や飲食店の明かり。様々な音や人の声が混じった雑踏のざわめきが耳に届く。

「日本……だ」

怜は思わず呟いて立ち上がった。どうやらスリップした先は商店街、建物に挟まれた狭い路地らしかった。西の空がほんのり朱《あか》い。夕刻のようだ。

「ここ、どこだろう。都内かな」

見覚えのない景色に不安が過る。しかしヴァロは冷静だった。

『歪みのズレは大きくても数キロだ。間違いなく東京都内だろう』

ヴァロの口から「東京」などというワードを聞く日が来るとは思わなかった。妙な感動を覚えつつ路地を出る。大通りの青看板を見上げ、怜はホッと胸を撫で下ろした。養護施設までギリギリ徒歩圏内だった。

『予想していたより歪みが不安定だ。二時間程度で塞がってしまうだろう』

「二時間か。急ごう」

怜はヴァロを抱き上げて駆け出した。ところがヴァロは『そっちではない』と怜の腕を軽く突いた。

『先にあそこに寄るのだ』

ヴァロが顎で指した先にあったのは、ドラッグストアの看板だった。

「なんでドラッグストアに？」

『チュール』

「へ？」

『チュール。よもや約束を忘れたわけではあるまいな』

「ヴァロ、お前……」

急激に記憶が戻ってくる。怜はあんぐりと口を開いた。

『チュールっていうのがあってさ、それはもうめっちゃくちゃ美味いらしいんだ。もしおれを元の世界に帰してくれたら、山ほどチュールを食わせてやるんだけどなぁ』

ネイオール王国にスリップしてきた翌朝、怜はヴァロにそう約束した。

「お前まさか、チュール食いたさに、盛大なうそを」

『ユーリウスが草の冠に大事な指輪を入れたことは事実だ。別れの挨拶をするためにスリップすると決めたのはお前だ。私は何ひとつうそなどついていない』

しれっと言ってのけるヴァロに、怜は呆れ果てる。開いた口が塞がらないとはこのことだ。

『何をしている。時間がないぞ。早くチュールを手に入れるのだ』

「草の冠を探すのが先だよ」

『いいや、チュールが先だ！』

やはりヴァロにとって最優先はチュールであり、冠探しや別れの挨拶は怜をその気にさせるための単なる餌だったのだ。信じられないと言いたいところだが、ヴァロの食い意地を考えればありえない話ではない。

——なんか、完全に騙された気分なんだけど。

頬を膨らませた怜だったが、ふとあることを思いつき、先にドラッグストアに寄ることにした。

「それにしてもヴァロ、よくチュールを売っている店がわかったな」

『このヴァロ様の辞書に「わからない」「できない」は存在しない』

ナポレオンも真っ青の台詞に怜は脱力する。十三年前、焼き魚の匂いにつられて怜を連れ戻すことに失敗した件については、ネイオール王国に戻るまでひとまず不問に付すことにした。

店の前で財布の中身を確認する。スリップする三日前にバイト代をもらったばかりだったので、運よく万札が二枚ほど入っていた。

「ヴァロ、ここで待っていて。猫は店に入れないんだ」

『わかっている。いいか、有り金すべてチュールに替えるのだぞ。くれぐれも余計な物を買うんじゃないぞ』

ヴァロの脅しを聞き流し、怜は店内に駆け込んだ。

数分後、一番大きなレジ袋をふたつ抱えて店を出た怜に、どこに隠れていたのかヴァロがすすっと近づいてきた。

「お待たせ。チュールたくさん買ってきたよ」

ところがレジ袋の中身を見てヴァロは、いきなり「ぶみゃあ」と不満げな声で鳴いた。

『有り金すべてチュールに替えろと言ったであろう！』

ひとつ目のレジ袋はチュールでいっぱいだったが、ふたつ目のレジ袋にはこれもまた大量のスナック菓子が入っていたのだ。

『ジャジャリコなどというものを頼んだ覚えはない！』

チュールと交換してこいと息巻くヴァロを、怜は「まあまあ」と宥《なだ》める。

「これは施設の子供たちへのお土産《みやげ》なんだ。みんなジャジャリコが大好きだから」

そのうちそのうちと思っているうちに、施設を離れて一年が過ぎてしまった。いつかバイト代で施設の子供たちにお菓子を買っていってやりたい。その思いを実現する、今日が最後のチャンスなのだ。

「お土産以外は、全部チュールに替えたよ。ほら」

空っぽになった財布の中身を見せると、ヴァロは「ふんっ」と鼻を鳴らしそっぽを向いてしまった。

「拗《す》ねないでよ、ヴァロ」

『拗ねてなどいない。行くぞ』

「あ、ちょっと待ってよ」

怜は両手に大荷物を抱えてバタバタとヴァロを追った。態度こそ悪いが「子供たちへの土産」には渋々納得してくれたようだ。

――なんやかんやいって、結構いいやつなんだよな。

プリプリと歩くヴァロの丸い尻を見ながら、怜はクスッと小さく笑った。

幸い施設長夫妻はふたりとも在宅だった。門の外にヴァロを待たせて玄関に入った怜を、夫妻は揃って出迎えてくれた。

「おお、怜くんじゃないか」

「あらあら怜くん、久しぶりねえ」

たちまち破顔したふたりに、怜は深々と一礼した。

「すっかりご無沙汰してしまってすみませんでした。ふたりともお変わりはなかったですか？」

「この通りどうにかやっているよ。そっちはどうだ？」

「大学生活は楽しい？」

「……はい、まあ」

答えながらチクリと胸が痛んだ。昔から、笑顔でうそをつくのは苦手だ。

「それは何よりだ」

「すっかり学生さんらしくなったわね」

ニコニコと頷く夫妻の笑顔に、胸の奥がツンとした。

辛い時、悲しい時、この笑顔に何度救われたかわからない。

「さあさあ、中に入って」

「久しぶりに来たんだ。晩ご飯、食べて行くだろ？」

中へ招き入れようとするふたりに、怜は勇気を振り絞って「いいえ」と首を振った。

「なんだ、忙しいのか」

「遠慮しなくていいのよ？」

「違うんです。実は今日は、おふたりにお別れを言いに来たんです」

「お別れ？」

夫妻は驚いたように顔を見合わせた。

「実はおれ……」

真実を告げても信じてはもらえないだろう。けれどふたりには、できる限りうそはつきたくない。

「突然なんですけど、海外に行くことになったんです」

「海外？」

「はい。一生をかけてやりたいことが見つかったんです」

怜の言葉に、夫妻の顔に笑みが戻った。

「そうか。やりたいことが。それは素晴らしいことだ」

「よかったわね。おめでとう」

「……ありがとうございます」

頭を下げながら、胸の痛みは増していく。

「で、どこなんだ。アメリカか？　ヨーロッパか？」

「まさかアフリカ？」

怜はふるんと頭を振った。

「ほどんど知られていない、超マイナーな国なんです。すごく……ものすごく遠いところで、だから多分、もう日本に戻ってくることはないと思います」

「えっ……」

ふたりが同時に息を呑むのがわかった。

――ごめんなさい。

怜は唇を噛んで胸の痛みに耐える。多分じゃなく、ふたりに顔を見せるのはこれが最後なんです。うそをついてごめんなさい。恩返しができないままいなくなってごめんなさい。

込み上げてくる涙を必死にこらえた。

短い沈黙を破ったのは、施設長だった。

「怜くんなら、どこへ行っても大丈夫だろう」

施設長は「なあ」と夫人に笑顔を向ける。

「ええ。若いうちに一生をかけてもいいと思えることを見つけられるなんて、とても幸せなことね」

夫妻はまた顔を見合わせて微笑んだ。

「困難もあると思うが、挫《くじ》けずにがんばりなさい」

「辛い時はひとりでなんとかしようとせず、周りを頼るのよ。一生懸命に生きていれば、必ず手を差し伸べてくれる人が現れるから」

不意にユーリウスの顔が浮かんだ。

「はい。ありがとうございます」

深々と頭を下げると、夫人が「そうだ、ちょっと待っててね」と廊下を小走りに駆けていった。戻ってきた彼女が携えていたものに、怜は思わず「あっ」と声を上げた。

「それってまさか」

「やっぱり覚えていたのね」

夫人はにこにこと、その紙袋を差し出した。

「取っておいてくれたんですね」

「本当は怜くんがここを出た時に持たせようと思ったんだけど、すっかり忘れちゃって。処分しちゃってもよかったんだけど、なんとなく捨てられなかったの」

手渡された紙袋を覗き込む。小学校の卒業の日、すでにドライフラワーになっていたそれは、さらに年月を重ね、かつて草だったことすらわからない状態に枯れ果てていた。

――指輪、入ってないな……。

枯草以外には、くしゃくしゃになった小さな紙縒《こよ》りのようなものがひとつ混ざっているだけだった。

「あの……」

この袋の中に指輪は入っていませんでしたか。そう尋ねようとしたが、やめた。もしそんなものが入っていたとすれば卒業式の日に気づいているはずだ。

「どうかした？」

「いえ、なんでも。大事に取っておいてくれてありがとうございました」

「今さらこんなもの渡されても困るだろう。私が捨てておいてやろう」

施設長が苦笑しながら手を伸ばした。

「いえ、持って帰ります。大事な思い出ですから」

紙袋を胸に抱く怜の姿を、夫妻はまるで目に焼きつけるように、穏やかな瞳で見つめていた。

最後にお土産のジャジャリコを渡し、怜はふたりに見送られて施設を後にした。

「ヴァロ、お待たせ。残念ながら指輪は入ってなかったよ」

失意を隠し切れない怜をよそに、ヴァロは紙袋を覗き込む。

『大丈夫だ。入っている』

「え？　どこに？」

あらためて中を覗こうとする怜に、ヴァロは「なお〜〜ん」と甲高い声で鳴いた。

『もう時間がない。急いで戻るぞ』

「え、あっ、ちょっと待ってよ」

『全力で走るのだ！』

ゆさゆさと巨体を揺らして走るヴァロの後を、怜はよろよろと追った。

『遅い！　急がないと間に合わぬぞ！』

「急いでるよ！　ていうか、チュールが重すぎるんだよ！」

レジ袋いっぱいのチュールと枯草入りの紙袋を抱え、夕暮れの街を全力疾走する。世界線の歪みのある路地に着いた時には、怜は体力のほとんどを使い果たしていた。

肩で息をしながら傍らのビルの屋上に駆け上ると、ヴァロの身体がボーッと青白く光り出した。

『飛ぶぞ！』

返事も待たず、ヴァロは屋上からジャンプした。怜はぎゅっと目を閉じ、その背中を追うようにコンクリートの床を蹴った。

スリップ中は時間の感覚がないので、移動にかかる時間は不明だが、目を開けばきっとネイオール王国にいるはずだ。

——間に合ってよかった……。

すっかり安心していた怜だったが、直後に異変を感じる。

『うう……む、むむっ、ぐっ』

苦しそうな声が聞こえ、怜は目を開いた。ヴァロのふくよかな尻の向こう側、手を伸ばせば届きそうな場所に円形の穴のようなものがあり、白みかかった朝方の空が見えた。

おそらくネイオール王国の空なのだろうが、どうも様子が変だ。

「どうしたの、ヴァロ」

『……通れぬ』

「えっ」

『歪みの出口が閉じかかっていて、抜け出せないのだ』

怜は思わず「ええっ」と声を上げた。

「ギリギリで間に合わなかったってこと？」

『……かもしれぬ』

初めて聞く自信なさげな声だった。怜の胸に、むくむくと不安が広がる。

「間に合わないと、どうなるの？」

『知らぬ』

「そんな無責任な」

『私はこれまでスリップに失敗したことなどないのだ。どうなるかなど、わかるわけがないだろう』

天才外科医みたいな台詞に、怜は「そんなあ」と半泣きになる。

失敗しないはずのスリップに失敗した場合、一体どうなってしまうのだろう。現代日本に戻るのか、それともどちらの世界線にも戻れず、ヴァロとふたりで永遠に時空間の旅人となってしまうのか。あるいは——死。

最悪の想像に、絶望感が襲ってくる。

「嫌だ……」

唸るような声が出た。

——ユーリと一緒に生きるって決めたのに。

今さらながら、自分の軽率な行動を猛烈に後悔した。

——ユーリ……会いたい。

ユーリウスのはにかんだような笑顔が浮かぶ。

——もう一度、ユーリに会いたい。

『うむ……無念だ』

ヴァロの声が弱っていく。

「諦めるな！　ヴァロ！　チュールを食いたいんだろ？」

「なぉ〜ん」

「めちゃくちゃ美味いんだぞ！　諦めたら食えないんだぞ！」

「なぉぉ〜〜ん！」

ヴァロの声に力が戻ってくる。

「よし、いいぞ、ヴァロ、がんばれ」

励ましは、半分自分に向けたものだった。怜は肺いっぱいに息を吸い込むと、力の限り叫んだ。

「ユーリ！　ユーリ！」

「なぉ〜〜んっ！　にゃお〜〜んっ！」

「ユーリウス！」

——ここだよ、助けて！

刻一刻と歪みが閉じていく。丸い円だった空は、徐々に楕円《だえん》に形が変わっていった。

次第に胸のあたりが圧迫されてきた。

——息が……苦しい。

万事休すか、と諦めかけた時だった。

「ぶみゃおんっ！」

ひと際高い声で鳴いたと思ったら、ヴァロの尻が視界から消えた。

次の瞬間、楕円の出口から長い腕が伸びてきて右手首をぎゅっと掴まれた。そのまま腕が千切れるかと思うほどの力強さで、身体が上方へと引き上げられる。

楕円がみるみる大きくなり、ぱあっと視界が開ける。同時にふわりと身体が浮いた。

「うわあっ」

手首を摑んだ相手に抱きかかえられながら、地面をゴロゴロと転がった。

「……っ」

回転が止まるのを待ってゆっくりと目を開く。

「ユーリ……」

眼前に現れた碧眼《へきがん》に、身体の力が一気に抜けてしまった。

「レイ……本当にレイなんだな？」

ユーリウスの声が震えている。よほど心配していたらしい。

「当たり前でしょ。あのさ、実はおれ──」

とりあえず事情を説明しようとする怜を遮るように、ユーリウスは「怪我はないか？」と尋ねてきた。

「ああ……うん、多分」

「痛むところは？」

怜は首を横に振る。ユーリウスは怜を立たせると、真剣な眼差《まなざ》しで身体のあちこちを触った。大きな傷がないとわかると、ようやく安堵したように「ふう」と大きく嘆息した。

「そうだ、ヴァロ」

慌てて振り返ると、地面にまき散らされた大量のチュールの真ん中に、白い塊が見えた。

ドラッグストアのレジ袋を座布団にして、デンと鎮座している。さっきまで放っていた青白い光は消えていた。

　肝を冷やしたばかりだというのに、さっそくチュールをひとつ両手で挟み、なんとか自力で封を切ろうと噛みついている。その豪胆さと並外れた食い意地たるや、いっそ清々《すがすが》しいまでにあっぱれだ。

「ヴァロ……無事でよかった」

　思わず呟いた瞬間だった。

「何が『よかった』だ！　バカ野郎！」

　突如落ちた雷に、怜は「ヒッ」と身を竦《すく》めた。

「なぜこんな勝手な真似をした！　なぜこんな危険な真似を！」

　両肩をがくがく揺するユーリウスの瞳にうっすらと涙が浮かんでいることに気づき、心臓がドクンと鳴った。

　――ユーリ……。

　ユーリウスが取り乱す姿を見るのは初めてだった。たった二時間の気まぐれな冒険が彼にもたらした心労に気づき、遅ればせながら怜は激しい後悔と自己嫌悪に襲われた。大切な人にこんな顔をさせるために、スリップを決めたわけじゃなかったのに。

「私がどれほど……一体どれほどっ……」

　ユーリウスは声を震わせ、その場にガクリと膝をついてしまった。

「ユーリ！」

怜は彼の前にしゃがみ込んだ。

「だ、大丈夫？」

覗き込んだ顔色が、ひどく悪い。

「ひと言の相談もなしにこのような……私はお前にとってその程度の存在なのか」

「ち、違うよ！」

怜は大きく頭を振る。

「ユーリ、ぐっすり眠ってたから、だからおれ……」

起きる前に戻ってこようと思っていたんだ。口を突きそうになった言い訳を呑み込む。どんな言い訳をしたところで、彼をひどく心配させてしまったことに変わりはない。

「ヴァロに唆されたのか」

ユーリウスが地面に散らばった大量のチュールにちらりと視線をやる。

「唆されたというか……」

ネイオール王国にスリップしてきた翌日、日本に帰りたい一心でヴァロに「チュールを食べさせてやる」と約束したことを話した。

「それと……別れの挨拶をしたかったんだ。おれを育ててくれた、施設長夫妻に」

きっかけはヴァロに誘われたことだったが、最終的に「行く」と決めたのは怜自身だ。

断ることもできたはずなのにそうしなかったのは、施設長夫妻に最後の挨拶をしたかったからだ。

正直な気持ちを告げると、ユーリウスは深く俯いたまま「そうか」と呟いた。

「挨拶はできたのか」

「うん。おかげさまで。あの……心配かけてごめん。すごく反省してる」

「…………」

ユーリウスは項垂れたまま顔を上げない。その無言は、彼の胸に去来する怒りや失望の表れなのだろう。

――ユーリに嫌われた。

自分にそんな資格はないとわかっていても、涙が溢れそうになる。

「本当にごめんなさい。もう二度としない――」

「当たり前だ！」

ユーリウスがキッと顔を上げる。ふたたび落ちた雷は、さっきより強烈だった。驚きに大きく目を見開いた瞬間、頬にほろりとひと粒涙が零《こぼ》れ落ちた。

「ごめん……なさっ……おれっ」

ここで泣くのは卑怯だと思うのに、涙が止まらない。ユーリウスに嫌われるくらいなら死んだ方がマシだ。本気でそう考えてしまうほどに、彼を深く愛している自分がいた。

「ごめ……ごめん、なさっ……」

　ユーリウスがゆっくりと立ち上がる気配がした。もしかして自分をこの場に残し、去っていってしまうのではないか。お前とはもうやっていけない。そう思っているのではないだろうか。

　込み上げてくる不安に震える怜の身体を、ユーリウスはふわりと胸に抱いた。

「すまない。泣かせるつもりはなかったんだ」

　怜はふるふると頭を振る。ユーリウスは何ひとつ悪くない。

「お前を失ってしまったのだと思ったら……生きた心地がしなかった。私は生まれて初め

て人生に絶望した」

　失うかもしれない、ではなく、失ってしまったとユーリウスは言う。

　そして絶望したと。

　少なくともヴァロが一緒だったことはわかっていたはずだ。常に強気で沈着冷静な状況

判断ができるユーリウスが、なぜはなから「怜は戻ってこない」と決めてかかったのだろ

う。いつものユーリウスらしからぬ台詞に、怜は小さな違和感を覚えた。

「信じられない」

　怜の頭頂部に頬ずりしながらユーリウスが囁く。

「なぜ……どうして」

ひとりごとのような問いに、怜はゆっくりとユーリウスを見上げた。

「……ユーリ？」

「お前はどうして戻ってこられたんだ」

「どうしてって、だって、ヴァロと一緒だったから」

「そうではない。そうではないのだ」

ユーリウスはそう言うと、傍らに落ちていた何かをおもむろに拾い上げた。見るとそれは昨夜《ゆうべ》ユーリウスが熱心に読んでいた、あの分厚い書物だった。

「昨日、陛下の宮殿から持ち帰った書物だ」

ユーリウスが開いたページには、栞《しおり》が挟まれていた。

「ここを読んでみろ。十四年前、ヴァロが齧って食べてしまったページだ」

「……え」

怜は書物を受け取ると、文字に視線を走らせた。

「『世界線の歪みを見出し、その前に立つ時、白猫は青白い光を放つ』……前にユーリウスが教えてくれた通りのことが書いてある」

顔を上げた怜に、ユーリウスは小さく頷いた。

「『歪みは生まれ、消え、また生まれる。幾度か繰り返し、やがて消える。消えし後、同じ場所に生まれることは二度とない』」

これも以前ユーリウスから聞かされていたことだ。

「大事なのはその次のページだ」

ユーリウスに促され、怜は先を読み進める。

「えーっと『意のままに往来できるのは王家に棲《す》み続ける白猫のみ。白猫に選ばれし王家縁《ゆかり》の者のみ、帯同が叶う』……か」

つまり怜はヴァロに選ばれたということになる。ブルーアルファであるユーリウスと唯一番になることのできるホワイトオメガとして生まれた怜を、ヴァロは「王家縁の者」と認識したのだろう。

――ていうか、ヴァロって一体……。

それほどの特殊能力を身につけながら、なぜか大事なところでヘタを打ってしまう。旺《おう》盛《せい》すぎる食欲に負けて……。

ヴァロは引き続きまき散らかされたチュールの真ん中で「早く食わせろ」とばかりにじっとこちらを睨みつけている。脱力しそうになった怜だったが、目に飛び込んできた文章に「ん?」と首を傾げた。

「『白猫が世界線を往復できるのは、二度まで』……え? 二度?」

読み間違えたのかと思ったが、確かに『二度まで』と書かれている。

不慮の事故で現代日本にスリップしてしまった怜を連れ戻すべく、ヴァロは過去に二度世界線を往復している。一度目は焼き魚の匂いに気を取られて失敗に終わった十三年前。二度目はひと月前。書物に書かれていることが事実なら、三度目の往復はありえないはずなのだ。

しかし今日、ヴァロは怜を伴って三度目の往復を遂げた。

「……どういうこと？」

眉根を寄せながら続く文章を読んだ怜は、思わず息を止めた。

「『三度渡ろうとすればそれは片道。ネイオール王国に戻ることは叶わない』──」

怜は傍らのユーリウスを見上げる。

「三度渡ろうとすればそれは片道。つまり本来ならお前たちは二度とここへ戻ってこられないはずだったのだ」

「なっ……」

背筋に冷たいものが走る。

「私は昨夜、遅くまでこの書物を読み耽《ふけ》っていた。そこに書かれてあることを知るにつけ、お前を連れ戻すことができた奇跡に感謝した。そして安堵の中、眠りに落ちたのだ」

ところが明け方近く、ふと目を覚ました彼の目に入ったのは、空になったベッドだった。

ユーリウスは慌てて飛び起き怜の姿を探した。

まさかと思い隣室のクローゼットをあらためると、そこにしまってあったはずの怜の洋服が消え、さっきまで身に着けていた寝間着が脱ぎ捨てられていた。悪い予感が的中してしまったことを知り、ユーリウスは宮殿内を怜の姿を探して回ったという。

「私は気が触れたようにお前の名前を叫んだ。しばらくしてお前たちを見たという使用人が現れた。お前とヴァロが塔から飛び降りたように見え、慌てて塔の下に駆けつけたが、お前たちの姿は見当たらなかった。だから夢を見たのだと思った――彼の言葉に、私は最悪の事態が起きてしまったことを悟った」

思い出すのも恐ろしいのだろう、ユーリウスは苦悩にその表情を歪めた。

『お前を失ってしまったのだと思ったら……生きた心地がしなかった。私は生まれて初めて人生に絶望した』

ユーリウスの台詞の意味を、怜はようやく解することができた。

怜とヴァロは三度目のスリップを試み、運悪く世界線を渡ることに成功してしまった。それが永遠の別れになるとも知らずに。

もし怜がユーリウスの立場だったら、正気を保っていられなかったに違いない。

「私が『信じられない』と言った意味がわかったか」

「うん。でも、どうして……」

ヴァロも自分も、こうして無事ネイオール王国に戻ってくることができた。

まさか書物の記述が偽りだったのだろうか。

「レイ、あの大量の餌の他に、何かあちらから持ってきたものはないか？」

「持ってきたもの……あっ、そういえば」

怜は慌ててヴァロに駆け寄ると、彼の腹の下から「ちょっとごめんよ」とドラッグストアの袋を引っ張り出した。

「これを、取り戻してきたんだ」

チュールが飛び出してほぼ空になったレジ袋の中から、怜は小さな紙袋を取り出した。スリップする直前、途中で手放してしまわないようにと咄嗟に袋に押し込んでおいたのだ。

「あぁ……やっぱり」

怜は思わず眉間《みけん》に皺を寄せた。チュールでもみくちゃにされたのと、ヴァロに座布団代わりにされたことで、ただでさえ枯草状態だった（元）冠は、植物だった面影すらない悲惨な状態になっていた。

「なんだ、このゴミは」

紙袋の中を覗き込んだユーリウスの訝《いぶか》るような反応に、怜は笑うしかなかった。

「この状態じゃゴミって言われても仕方ないと思うけど、実はこれ、ユーリが作ったんだよ？」

「私が作った？」

きょとんと首を傾げたユーリウスだったが、次の瞬間「あっ」と目を見開いた。

「草の冠か」

「そう。ちょっと、というか、かなり残念なことになっちゃったけど」

「まさかお前、これを取り戻しに行くために……？」

ユーリウスの双眸がさらに大きくなる。その深い碧の気高さと美しさは、どんな時でも怜を惹きつけてやまない。

「ヴァロに日本の美味《おい》しい餌を食べさせてやりたかったのも本当だし、育ててくれた施長夫妻にお別れを言いたかったのも本当だよ。でも最終的にスリップを決意したのは、これを取り戻したかったからなんだ」

ユーリウスの瞳が揺れる。

「まさかレイ、知っていたのか」

「指輪のこと？」

「ああ」

「知ってた。ヴァロから聞いたんだ」

「ヴァロから？」

ユーリウスは素早くヴァロを振り返る。チュールのパッケージと格闘する愛猫《あいびょう》を少しの間見つめ、やがて「そうだったのか」と小さく頷いた。

「以前から感じていたが、どうやらお前にはヴァロの言葉がわかるようだな」

「ユーリにはわからないの？」

ユーリウスはふるんと頭を振る。

「何か言いたげだなと感じることはあるが、はっきりとは」

ユーリウスはそう言いながら紙袋の中に手を入れ、枯草をかさかさと指先で掻き回し始めた。

「ごめん……せっかく取り戻しに行ったのに、指輪、入ってなかった」

真剣な眼差しでユーリウスが何を探しているのか、わかっているだけに辛かった。中身はすべて枯草で、指輪らしきものが入っていないことは一目瞭然《いちもくりょうぜん》なのに、ユーリウスは掻き回すことをやめない。

「多分、あの日施設に帰る途中でどこかに落としたんだと思う。指輪が編み込まれているなんて思いもしな――」

「あった」

ユーリウスの声に、怜は俯けていた顔を上げた。

「あったぞ。やはりあった。残っていたのだ。あっははははは」

突然高らかに笑い出したユーリウスを、怜はきょとんと見上げる。彼はその指先で、小さな白い紙縒りを摘まんでいた。

「ああ、それね」

枯草の中に、くしゃくしゃになった小さな紙縒りのようなものが混ざっていることには、施設で紙袋を覗いた時に気づいていた。

「それ、なんなの？」

「指輪だ」

「えっ」

怜は驚きに目を瞬《しばた》かせた。

「指輪って、えっ、これが？」

どこからどう見ても、ただの薄汚れた紙縒りだ。形も輪ですらない。輝く宝石が設《しつら》えられた立派な指輪を想像していた怜は、ひたすら目を瞬かせた。

困惑する怜をよそに、ユーリウスは摘まんだ紙縒りを感慨深げにじっと見つめている。

「そうか、これのおかげだったか」

「あの、ユーリ、一体どういうこと？」

「これはな、お前が私にくれたものなんだ」

「え？　おれが？」

「そう、お前が私のために作ってくれた、世界にただひとつの指輪なんだ」

ユーリウスはそう言って、紙縒りを愛おしそうに指先で撫でた。

それは怜が不幸なスリップに巻き込まれる数日前のことだったという。ユーリウスと怜は王妃に見守られながら、いつものようにおやつのキャンディを食べていた。キャンディの包み紙で折り紙遊びをしていたユーリウスは、ふと思い立って指輪を作り、母親に差し出した。

『ユーリウスが、母上にプレゼントをさしあげます。どうぞ』

『あら、これは何かしら』

『指輪です』

『わあ、なんて素敵な指輪。ありがとう、ユーリウス。大切にするわ』

王妃は嬉しそうに包み紙の指輪を細い指にはめてみせた。

それを横で見ていた怜は、真似をして指輪を作り始めた。とはいえ二歳九か月の怜にとって指輪作りは難易度が高く、紙縒りを作るのにも指輪の形にするのも四苦八苦だったが、王妃の手を借りてなんとか作り上げることができた。

怜はとても誇らしげで、満足そうだったという。

『あい、ユーリ。どじょ』

『え？　わたしにくれるのか？』

二歳の怜はこくんと頷いた。

『ユーリのゆびわ、レイ、ちゅくった』

『レイ……』

『レイ、ユーリ、だいしゅき』

怜は無邪気にユーリウスに抱きついた。

『ありがとう、レイ。大切にする』

「王妃はそんな私たちの姿を見て、とても幸せそうに微笑んでいた」

「そう……そんなことが」

宝物の指輪と聞いて、てっきり母親である王妃の形見なのだと思っていた。まさか自分がユーリウスに贈った紙の指輪だったとは想像もしていなかった。

「十三年前のあの日、ヴァロが突然光り出したのを見て、私は咄嗟にお前がよく『つくって』とねだった草の冠を編んだ。しかしスリップしてしまった時、お前はたったの二歳だった。きっとネイオール王国のことも私のことも忘れてしまっているに違いない。草の冠のことだってきっと……」

ネガティブになりかけていたユーリウスだったが、ふと怜が作ってくれた紙の指輪のことを思い出したのだという。

「草の冠でピンとこなくても、自分が作った指輪を見れば、あるいは私のことを思い出してくれるのではないかと思ったんだ」

ユーリウスは自室に駆け戻ると、引き出しの奥に大切にしまってあった指輪を取り出し、草の冠の中に編み込み、一縷《いちる》の望みをヴァロに託したのだった。

「……そうだったんだ」

当時のユーリウスの必死な思いを想像したら、胸の奥にきゅんと甘い痛みを覚えた。

「結局お前は戻ってこず、しかも大事な指輪まで失くしてしまうことになった」

「全然思い出せなくてごめん」

「思い出せなくて当然だ。お前は何ひとつ悪くない」

元凶のヴァロはチュールのパッケージと格闘している。その必死な形相に、ユーリウスも怜も苦笑するしかなかった。

ユーリウスがおもむろに紙縒りを解き始めた。幸い紙は草ほど風化が進んでおらず、ユーリウスの手によって七、八センチほどの正方形に戻された。

「見てみろ」

ユーリウスは紙片の皺を丁寧に伸ばすと、朝日が昇り始めた東の空に翳《かざ》した。

「何が見える？」

「何がって、ただの紙……あっ」

白茶けた紙の左下隅に、見覚えのある形が浮かび上がっているのが見えた。

「これって、王家の」

「ああ。紋章だ」

ネイオール王国にスリップしてきてほどなく、怜はあること気づいた。宮殿内で使用されるありとあらゆるものに、王家の紋章が刻まれているのだ。日々着用する衣類やシーツなどのリネン類はもちろんのこと、食器やカトラリーにまで同じ紋章が記されていることに驚いた。

つい数時間前まで身に着けていた寝間着にも、当然紋章は刻まれていた。だから紙片の隅に刻まれているその形を目にした瞬間、すぐに王家の紋章だとわかった。

「王家の紋章が、どうかしたの？」

「ページを捲《めく》ってみろ」

促されるまま、怜は書物のページを捲った。そこには『三度渡ろうとすればそれは片道。ネイオール王国に戻ることは叶わない』という一文の、続きが綴《つづ》られていた。

「『古《いにしえ》に神々が定めた片道の掟《おきて》を、覆すことができるのは王家の紋章のみ。それを身に着けて渡れば国に戻ることが叶うだろう』――」

怜は思わずユーリウスを見上げた。ユーリウスはその視線を受け止めるように、大きくひとつ頷いた。

「『古に神々が定めた片道の掟を、覆すことができるのは王家の紋章のみ』。つまりこの、今はただの紙切れとなった指輪に紋章が刻印されていたおかげで、お前たちはここへ戻ってくることができたのだ」

「じゃあ、もしこれを持って帰っていなかったら」

怜はゴクリと唾を呑む。

「二度とネイオール王国に戻ってこられなかっただろうな」

耳の奥でザーッと血の気の引く音がした。今さらながら自分がどんなに危ない橋を渡ってしまったのかを知り背筋が凍りそうになる。

ヴァロがいるから大丈夫。そう安易に考えてスリップを決めた自分の浅はかさに、くらくらと眩暈がした。紋章という奇跡のアイテムを手にしていなければ、二度とユーリウスに会うことは叶わなかったのだ。

――何も知らずに、おれは……。

足の力が抜けてしゃがみ込みそうになった怜を、ユーリウスが「おっと」と抱き留めてくれた。

「大丈夫か」

怜はぶるぶると頭を振り、目の前の胸板に頬を寄せた。

「レイ……」

遅れてやってきた恐怖に震える怜の身体を、ユーリウスはそっと抱き寄せてくれた。

「おれって本当にバカだ。自分が情けない」

「指輪を持ち帰って、私を喜ばせようとしてくれたのだろ？」

「でも結局、ユーリに心配かけちゃった」

ごめんね、と呟く声に涙が滲む。

「もういい。こうしてまたお前を、この胸に抱くことができたのだから」

「ユーリ……」

溢れる涙を止めることができない。

「おれは、十歳のユーリに助けられたんだね」

十三年前、ユーリウスが草の冠に指輪を編み込まなかったら、怜もヴァロもネイオール王国に戻ってくることはできなかった。無論当時のユーリウスが今日のアクシデントを想定していたわけではないだろう。

けれどすべてが「レイと番になる」という彼の強い思いの成せる業なのだとしたら、それはもう「運命」と呼んで構わない気がする。

「どんなに遠回りしても、おれたちは結ばれる運命だったのかもね」

「……そうかもしれないな」

髪を撫でる手のひらの心地よさに、怜はうっとりと目を閉じた。

「きっとそうだよ」

「ああ。そうだな」

どちらからともなく頭上を見上げる。

ほんの数分の間に、空は一段と明るさを増していた。

「今日もいい天気になりそうだな」

「本当に」

怜が頷いた時だ。突然一陣の風が頬を打った。

「あっ」

声を上げたのと、疾風がユーリウスの手から紙片を奪ったのと、どちらが先だったろう。ひらひらと風に煽《あお》られ、紙片はあっという間にふたりの手の届かない場所まで舞い上がっていった。

「ああ、指輪が！」

無理を承知で空へと伸ばした怜の腕を、後ろからユーリウスが摑んだ。宝物が飛んでいってしまったというのに、なぜだろうユーリウスは笑みを浮かべていた。

「いいんだ、これで」

「でも……」

「見てみろ」

促され、風に舞う紙片を見上げた。

次の瞬間、紙片は無数の光の欠片となり、朝の空に吸い込まれていった。

「うそ……」

何が起こったのかわからず呆然《ぼうぜん》とする怜の傍らに立ち、ユーリウスは空を見上げた。

「指輪は役目を終えたのだ」

「ユーリ……」

「そう思わないか？」

穏やかな笑みを湛《たた》え、ユーリウスは怜の肩をそっと抱き寄せた。

「きっとそうだね」

「レイ、愛している」

甘い声で囁きながら、ユーリウスの唇が近づいてくる。

「おれも……」

そっと目を閉じた時だった。足元で「ぶみゃお〜〜ん」と鳴き声がした。見れば両手でチュールのパッケージを挟んだヴァロが、何かを懇願するように怜を見上げていた。

『キスなど後でもできるであろう。早くこれを開けるのだ！』

ニャオニャオと激しく訴えるヴァロに、怜は思わず噴き出してしまう。

「今のは私にもわかったぞ。キスより先にこの餌を食わせろと言っているんだな？」

クスクス笑うユーリウスに「ご名答」と答え、怜はヴァロの手から二十本入りのパッケージを取り上げると、封を切って『まぐろ味』を一本取り出した。

「はい、どうぞ」

スティックの先端を切って差し出す。待っていましたとばかりに、舌先でチュールをペ

ろりとひと舐めしたヴァロは――。

「なおぉぉぉ～～～ん！」

歓喜の声を上げながら自分の尻尾を追うようにくるくると回転したかと思うと、二度、三度とその場でジャンプをした。

『おおお、こっ、これがチュール！　夢にまで見たチュール！』

ニャオニャオと鳴きながら、ヴァロは怜の手からチュールを奪い、両手に挟んでペロペロと舐め始めた。ひと舐めしてはうっとりと目を閉じ、ひと舐めしては「にゃお～～ん」と嬉しそうに鳴く。

「よほど美味いらしい」

半ば呆れ顔でユーリウスが呟いた。

「夢にまで見ていたんだってさ」

半笑いで怜は脱力する。

「危険を冒してまで手に入れたのだから、美味さもひとしおなのだろう」

「歓喜の舞いのひとつも披露したくなるってもんだよね」

ユーリウスとふたり、クスクスと笑い合う。

「ヴァロ、美味しいからって一日に何個も食べたらすぐになくなっちゃうからね？　チュールは一日にひとつだけだよ？」

いいね？　と言い聞かせる声も、チュールに夢中のヴァロの耳には届いていないらしい。

「聞く耳を持たず、という感じだな」

「……だね」

ふたりで肩を竦めていると、いつの間にか少し離れた場所に控えていたウォルフが近づいてきた。

「ユーリウス殿下。そろそろ散らばったものを回収させてもよろしいでしょうか」

「ああ、そうしてくれ」

「保管場所はいかがいたしましょう」

「ヴァロの餌と一緒に……」

言いかけてユーリウスは「いや」と首を振り、ウォルフにこそっと耳打ちをした。

「どこかしっかりと鍵《かぎ》のかかる部屋に保管しておいてくれ。ヴァロが夜中に一気食いしないとも限らないからな。念のために」

ウォルフは「かしこまりました」と一礼し、使用人たちにチュールの回収を命じた。するとすぐにあちこちから悲鳴が上がり始めた。

「わあ！」

「痛たたた。ヴァロ様、よしてください」

「引っ掻かないでください、ヴァロ様」

怜とユーリウスは顔を見合わせる。

「チュールを横取りされると思ったんだね」

「やれやれ、食い意地もここまで来ると」

「ヴァロの九割は、食欲で出来てる」

「……だな」

ぷっとユーリウスが噴き出す。つられて怜も笑い出してしまった。

「こら、ヴァロ、やめないか」

「うわぁ、ヴァロ様、勘弁してください〜」

「にゃおおおんっ！」

ユーリウスの呆れた声と、使用人たちの悲鳴、そしてヴァロの必死な鳴き声。

朝の宮殿に響く賑《にぎ》やかな声に、怜の笑い声が混じる。

見上げた空は底抜けに青くて、今日もいい一日になりそうな気がした。

あとがき

初めまして。もしくはこんにちは。安曇ひかると申します。

このたびは数多《あまた》ある作品の中から『転生したらブルーアルファの許嫁でした』をお手に取っていただきありがとうございました。ラルーナ文庫さんからの久々の新刊となりました本作ですが、お楽しみいただけたでしょうか。この心臓が痛くなるようなドキドキ感にはいつになっても慣れることができません。

よもや自分が異世界ものを書く日が来るとは夢にも思っておりませんでした。「オメガバースで異世界転生ですか。いいですね～」と軽く引き受けたあの日に戻って（それこそ時空を超え）自分の後頭部を思いっきり引っ叩きたい気分です。そうですね、例えるならサッカー選手が「ボール蹴るのなら得意っす！」と試合に出てみたらセパタクローでした、くらいの過ちだったのではないかと今にして……（笑）。

最後まで見捨てずたくさんの資料を送ってくださった担当さんがいなければ、こうして形にすることは叶わなかったでしょう。（担当さんに感謝！）

亜樹良のりかず先生、お忙しい中数々の素敵すぎるイラストを頂戴し、ただただ感激しております。見目麗しい孤高の皇太子・ユーリウス、優しげな中にも凜とした芯を感じる怜、そしてなんといってもヴァロの破壊力たるや！　みんな私の脳内イメージそのままで、とても嬉しかったです。本当に本当にありがとうございました。

本作のイチ押しキャラは間違いなくヴァロです。飼いたいな～、ヴァロ。一日中モフモフしたい。目玉が飛び出るほど餌代かかりそうですけどね（笑）。


末筆になりましたが、最後まで読んでくださったみなさまと、制作にかかわってくださったすべての方々に、心より感謝と御礼を申し上げます。

本当にありがとうございました。

またいつかどこかでお目にかかれますように。

二〇二四年　一月

安曇ひかる

本作品は書き下ろしです。

ラルーナ文庫

この本を読んでのご意見・ご感想・ファンレターなどお待ちしております。〒110−0015 東京都台東区東上野3−30−1 東上野ビル7階 株式会社シーラボ「ラルーナ文庫編集部」気付でお送りください。

転生《てんせい》したら
ブルーアルファの許嫁《いいなずけ》でした

2024年2月7日　第1刷発行

著　　　者｜安曇《あずみ》ひかる
装丁・DTP｜萩原 七唱
発　行　人｜曺 仁警
発　行　所｜株式会社 シーラボ
〒110-0015　東京都台東区東上野3-30-1　東上野ビル7階
電話　03-5830-3474／FAX　03-5830-3574
http://lalunabunko.com
発　売　元｜株式会社 三交社（共同出版社・流通責任出版社）
〒110-0015　東京都台東区東上野1-7-15
ヒューリック東上野一丁目ビル3階
電話　03-5826-4424／FAX　03-5826-4425
印刷・製本｜中央精版印刷株式会社

ISBN978-4-8155-3290-1